溺愛君主と
身代わり皇子

溺愛《できあい》君主《くんしゅ》と身代《みが》わり皇子《おうじ》

茜花《さいか》らら

ILLUSTRATION：古澤《ふるさわ》エノ

溺愛君主と身代わり皇子

LYNX ROMANCE

CONTENTS

溺愛君主と
身代わり皇子

体育館に剣道部員のかけ声が響く。

天海七星《あまみななせ》は他の二年生より一足早く面打ちの練習を終えて、外の空気を吸うために扉に駆けつけた。

「あっつい……」

練習場に深く頭を下げてから、面を取る。

汗でずっしりと重くなった手ぬぐいを取って外の風に当たると、生き返るような気分がした。

きゃあっと小さく高い声が聞こえて、七星は額から滴る汗を拭《ぬぐ》いながら体育館の入口を振り返った。

いつも剣道部の練習を見に来ている女子が数人で固まって高い声を潜めている。

一度顧問に注意されて以来声を抑えているつもりなんだろうけれど、抑えていてもあれだから、女子ってすごい。

彼女たちが誰を見に来ていて、誰を見てきゃあきゃあ言っているのかは知らない。

主将なんかは生徒会役員もやっていて結構人気があるから、彼なのかもしれない。当の主将は呆《あき》れた顔で「いや、お前だろ」と七星に言ってきたけれど。

そういうのはよくわからない。

二人の姉が少女漫画ややはりの恋愛ドラマを見ては騒いでいるから、女子が誰が誰を好きだとかそういう話が好きだということは知っているけれど、あんまり興味もない。

クラスメイトはほとんどが彼女持ちで、付き合ったただの別れたただのとしょっちゅう聞く。

七星だってべつに、女子に興味がないわけじゃない。初恋だって中学生の時、一緒に学級員をやっていた子に淡い気持ちを抱いていた。

クラスの中でもずば抜けて頭がよく、県内随一の進学校に合格した彼女にそれとなく気持ちを伝えようとしたのは卒業式を目前に控えた寒い日のことだった。

七星と彼女は仲が良かったし、友人たちにもほとんど付き合っていると思われていたくらいだ。

だけど、緊張した七星に対して彼女はただ一言「天海くんって弟みたいでかわいい」とだけ言った。

そうして七星の初恋は終わった。

いつもそうだ。

背も小さく、クラスで一番背の高い女子には見下されるくらいの身長しかない七星は昔からよく「かわいい」と形容された。

体は鍛えればなんとかなるけれど童顔で、頬がふっくらと丸みを帯びているのがより一層「かわいく」見えてしまうらしい。

見た目じゃなくて中身を見てほしい、とクラスの非モテ同盟がしきりに嘆いているけれど、まさにそれだ。

「はー……」

大きくため息を吐《つ》いて、体育館の壁際に置いたボトルを拾い上げる。

すっかりぬるくなってしまったスポーツドリンクを飲みながら空を仰いだ。

雲一つない、抜けるように青い空だ。

体がふわっと開放されるような気分になって七星が大きく息を吸い込むと、剣道部員の騒がしいかけ声の合間を縫って妙な声が聞こえた。

「――……様、……ルス様」

聞いたことのない、しゃがれた声だ。

まるでテレビのノイズ音のように聞き取りにくくて、他の大勢の声も混じっている。

放送部の人間がふざけて何か流しているのかと七星が体育館のスピーカーを仰ごうとすると、急にぐらりと眩暈《めまい》がした。

「……っ、」

やばい。

その時頭に浮かんだのは、熱中症かもしれないということだった。以前にも何度か経験がある。

途切れ途切れにその妙な音は続いている。

「天海、そろそろ係り稽古《けいこ》するぞ」

手ぬぐいを頭に巻いたままの主将が歩み寄ってきて七星を呼んだ。

「ああ、うん……。ごめん、僕ちょっと熱中症ぽくて」

「大丈夫か？」

面打ちを続ける一年生の間を縫って慌てたように歩み寄ってくる主将に手を掲げて、ちょっと休憩させて欲しいと続けようとした、その瞬間だった。

「ルルス様！」

誰かが耳元で声を張り上げた、ような気がした。

それくらいのはっきりとした雑音が聞こえて、七星はぐらりと体勢を崩した。

「うわ、……っと」

倒れるほどじゃない。意識ははっきりしている。

突然の声に驚いて躓《つまず》いたような、そんな感じだ。

「大丈夫、ちょっと休んだ……ら――……」

すぐに顔を上げて主将を安心させようと笑顔を浮かべる。

だけど――目の前に、主将の姿はなかった。

「――……え？」

代わりにいたのは、たくさんの人。

周りの景色も狭い体育館ではなくて見たこともないような場所だ。

「え？　……は？　あれ？　えーと……」

全体的に、茶色っぽい。

呆然《ぼうぜん》とあたりを見回した七星は間抜け面で口をぽかんと開けたまま、そんなことを考えていた。

七星の高校はそんなに都会というわけではないけれど駅からほど近い場所にあって、窓を覗《のぞ》けば探すまでもなくいくつもの商業ビルが目に飛び込んできたし、それが普通だった。

だけど、今は違う。

むしろどれだけ探してもビルらしい大きな建物がない。

周囲には、木の棒に薄汚れた白い布をくくりつけただけのようなテントが所狭しと並んでいて、果物や装飾品のようなものが雑然と置かれている。

テレビで見かけたことがある、外国の市場みたいだ。

稽古の途中だったから裸足のままだった足元には、体育館の床ではなくて小石の混じった乾いた砂の地面がある。

啞然《あぜん》としてあたりを見回すと、うんと遠くに茶色い岩山があって、それきりだ。

体育館じゃないどころか、学校も、駅も見えない。

頭上の空だけは、さっき見上げたのと同じように青く澄みきっている。

「あの……」

ざわつく人垣の中から、頭に布をかぶった色黒の男性がおずおずと声をかけてきた。

他の人も、もちろん制服なんて着ていない。見たこともない、服装をしている。

どこかで見たことがあると思ったら、中学生の頃に文化祭でやったお化け屋敷の幽霊の装いに似ている。カーテンくらいの大きな布に穴を開けて、その穴から頭を出して腰を紐《ひも》で縛った。ほとんど、そんな格好だ。

剣道着を着ているのなんて七星だけだ。

外国、とぼんやり考えたけれど、そもそもさっきまで体育館にいたはずの七星がどうしていきなり屋外の、しかも見知らぬ外国にいるのか。

「失礼ですが、あなた様は――」

「すみません、ここどこですか？」

窺《うかが》うようにおそるおそる近付いてきた男性に、思わず飛びつくようにして尋ねる。

尋ねてから、はっとして口を噤《つぐ》んだ。

言葉が通じる。

七星の言ったことが伝わっているかどうかはわからないけれど——もしかしたら頭のおかしい人だと思われるだけかもしれないけれど——相手の言っていることは、聞き取れた。聞き間違いや、空耳というだけじゃなければ。

「は、ここはジレダの市《いち》でございます。アルクトスの宮殿からは南西に六メロンほど離れた、小さな町です」

前言撤回。男性が何を言っているのかわからない。

七星の質問が伝わったことも、男性が丁寧に答えてくれているのもわかる。

だけどジレダという地名？　も、アルクトスという都市名も七星には聞き覚えがない。メロンというのは距離なのだろうか。たしかに七星は世界史が得意ではないけれど、世界で使われている単位くらいはわかりそうなものだけれど。

「え……と、あの——」

どうして自分がここにいるのか知りたい。

だけどそんなことを尋ねられても困るだろう。完全に頭がおかしいと思われてしまう。

気付くと七星の周りには遠巻きに多くの人が足を止めていて、驚きや訝《いぶか》しさの入り混じった視線を不躾《ぶしつけ》なまでに浴びせている。

混乱と緊張で汗ばんだ手を握りしめて、七星は言い淀んだ。

「不敬をお許し下さい、このような馬鹿げた質問をすることは憚《はばか》られるのですが、あの——……あなた様はもしや、ルルス様……ではありませんか？」

ルルス。

その名前を聞いて、七星ははっと息を呑《の》んだ。

さっき、耳元ではっきりと聞いた名前だ。

「やはり！」

驚いて目を瞠《みは》った七星の答えを待たずに、背後からどっと人の沸くような声が上がった。

振り返ると、若い男や赤ん坊を抱いた——大きなトカゲのような人間のような、不思議な姿をしたものが興奮した様子で騒いでいる。

「え？　あの……」

何事かともう一度、声をかけてきた男性に視線を戻すと、彼は汚れた手で顔を覆って啜《すす》り泣いていた。

「は？　あ、あの……え？　ちょ……っ何……！」

騒ぎはあっという間に市場全体に広がって、七星を取り囲む人垣がどんどん大きくなっていく。

杯《さかずき》を掲げて高らかに何か叫んでいるものや、泣き崩れる老婆もいた。

「あの、すいませ……僕、ルルスとかじゃなくて……」

慌てて言っても、七星の声が聞こえる余地もないようだ。

それに、こうしてよく見てみるとさっきのトカゲのような人だけではなく、どことなく犬っぽい人、耳が妙に長く尖《とが》っている人など、ハロウィンの日の渋谷のような仮装をしている人がちらほら見える。

ここが外国でないのなら、映画の撮影か何かかも知れない。

それくらいどの人の仮装も精巧にできている。

とはいえ、どうして突然撮影現場に来ているのかもわからない。

熱中症で倒れているうちに映画の撮影に来たのだろうか——なんて、突拍子もなさすぎて気が遠くなる。

そういえばいつの間にか熱中症の症状もなくなっている。あたりは少し涼しいくらいだ。

「ルルス様、よくぞご無事で……！」

ひとしきり泣きじゃくった男性が汚れた手でごしごしと顔を拭うと、震えた声で言った。

「あの、すみません。僕はルルスという人ではなくて——」

「今、騎士団に遣いを走らせましたので。汚い町ですがどうぞお迎えがあるまでお休みください」

騎士団？　迎え？

いや待ってくれと手を掲げて口を開いても、どこからどう訂正すればいいのかわからない。

あっという間もなく人垣が大きなうねりを見せて、市場の一部が移動し、急いで七星のための場所が作られていく。

「や、あの——……え？」

ただ一つだけわかるのは、ここにいる人がみんな七星をルルスという人だと勘違いしていて、そしてそのルルスという人物は偉い人みたいだ、ということだ。

これが大がかりなドッキリでなければ。

「どうぞ、こちらに坐してお待ち下さい。ただいま、マルムの実をお持ちいたします。今朝スタヴロスから届いたばかりで、よく冷えておりますので」

「だ、だ……大丈夫です！　あの僕、別に疲れてないですから……！」

この空気に飲まれてはいけない。

とっさにそう思って、引き攣《つ》った頬に笑みを浮かべた七星は後退《あとずさ》った。

人違いだということに気付いたら、七星が騙《だま》したと思われるかもしれない。このまま隙《すき》を見て早めにこの場を失礼したほうが良さそうだ。

見た限り近くに商業的な都市があるのかどうかもわからないけれど、警察くらいは見つけられるかもしれない。

駆け込んで、日本に帰る術《すべ》を聞きたい。

何故《なぜ》か言葉が通じるようで、それだけが幸いだ。

「私たちにお気遣いなど無用です、どうぞ体をお休めください。騎士団が到着するまで待てなくとも、ルルス様の魔力が戻るまででしたら……」

押し付けがましくならないように、しかしどうか休んで欲しいとまるで懇願するような視線をあたり一帯から感じる。

思わずそれに屈してしまいそうなくらいだ。

疲れていないと言ったら嘘《うそ》にはなるけれど、とはいえ稽古はまだ始まったばかりだった。そんなにくたくたというわけでもない。ましてや市場の人を押しのけて用意された広いござを一人で占領するような度胸は、七星にはない。

「あ、いえ……僕にはこれがありますので、本当、お気遣いなく」

七星が手に持ったままのボトルを掲げて見せると、周囲の人が物珍しそうに目を瞬かせた。

ここが外国なのかあるいは映画の撮影所なのかドッキリの撮影場所なのかもわからないけれど、確かにこの茶色っぽい渇いた風景にさわやかな水色のボトルは浮いて見える。

しかしプラスチック製のボトルに刻まれた勝手知ったるスポーツドリンクメーカーの名前は七星の気持ちを少し落ち着かせてくれた。

「それは……？」

見たこともないようなものを興味深そうに見つめた男性が、小さく首を傾《かし》げる。無理もない。どう見てもこの市場にこんな人工的なものは置いていなさそうだ。

すると傍らにいた老婆から潜められた叱咤《しった》の声が飛んだ。

「おそらくルルス様の魔力を貯《た》めるものだろう。我々民草が知らなくとも無理はない」

低く抑えられてはいたけれど、はっきりと聞こえた。

それにさっきも言われたことだけれど、ルルスという人物は魔力があるということらしい。

これはますますドッキリのような気がしてきて、七星は苦笑した。

こういう時、調子に乗って思い切りノってあげればいいのかもしれないけれど七星は生憎《あいにく》とそういうことができない性分だ。

「いえ、これはただのスポドリです。それに僕はルルスという名前では――」

この場所で気がついてからもう何度も口にした訂正をもう一度繰り返そうとした、その時。

遠くから、時代劇でしか聞いたことのないような馬の蹄《ひづめ》の音がリアルに聞こえてきた。七星の足元の砂っぽい地面が振動して、徐々に近付いてくる。

「騎士団だ！」

頭から羊のような角が生えた母親に手を繋《つな》がれた子供が、興奮した声を上げた。

七星がそちらを振り返ると、母親が慌てて子供の口を手で覆う。それでも子供の目はキラキラしたままだ。

やばい。

とっさにそう思った。

逃げる機会を窺おうと思っていたのに、もう迎えが来てしまうとは思わなかった。メロンというのがキロメートルに直すとどれくらいの距離なのかと聞いておけばよかった。

「さすが、お早い」

「当然だ。ようやくルルス様が見つかったんだぞ」

どの人も顔を上気させて興奮の面持ちで口々に話している。

ルルスという人物が騎士団を動かすほどの人物ならば、あるいは知った人が見れば人違いであることが明らかになるかもしれない。

逃げ出さなければとばかり思っていたけれど、いっそ人違いだと明らかになるならばいい機会かもしれない。

そもそも七星には騎士団っていうのが日本でいえばどういう組織なのかも知らないけれど、自衛隊とか警察とかそういうものなら、どうにかして日本まで帰る手段を教えてくれるかもしれないし。

いや、密入国だと思われるだろうか。

これがもしドッキリならばそういう展開になるかもしれない。そもそもこんななんでもないどこにでもいる男子高校生をドッキリにはめて何が面白《おもしろ》いのかもわからないけれど。きっと七星が面白くない反応ばかりするからカットされるに決まっている。

それならせめて、取り乱さないようにしよう——そう腹を決めて、七星は砂埃《すなぼこり》を舞わせながら馬のやってくる方向を振り仰いだ。

影が一つ、二つ……と姿を見せる。

腹を括《くく》ったはずだけれど、その数がざっと十人ほどいるようだということがわかると、やっぱりこの場から逃げ出したくなってきた。

やましいことがなくても警察官とは積極的に関《かか》わりたくないとか、そういう心理だ。

「あっ！」

母親の腕に抱き上げられたさきほどの子供が、足をばたつかせて声を上げた。

今度はなんだ。

泣き出したいような気持ちに襲われながらその子供を振り返ると、他の人もみんな騎士団の先頭を走る人物に目を瞠っていた。

目を疑うようなスピードで近付いてくる騎士団の姿形がはっきりと目に見えてくる。

今にして思えば、みんなの視線が騎士団に向かっている隙に逃げ出してしまえばよかったのかもしれない。

だけどその時は、そんなことを思いつきもしなかった。それほどまでに、七星もまた騎士団を率いた男の姿にあっけにとられていた。

信じられないほどのスピードで馬を駆けてやってくるその人は白い軍服のような洋服に、真紅のマントをたなびかせていた。

プラチナブロンドの髪をなびかせて、砂埃の中にいてもまるで彼自身が発光しているかのようにまばゆく見える。

今まで見ていた茶色っぽい景色の中に、まるで流れ星が落ちてきたかのようだ。

どこかもわからない、七星が見たこともない世界に、やっぱり七星が現実に見たこともないような美形が現れた。少女漫画の中でなら、見たことがある。だけどテレビや雑誌でさえも見たことがない。

迫力を感じるほどの凜《りん》とした佇《たたず》まい。馬上にあっても体の芯《しん》がブレず、まっすぐ——七星に向かってくる。

「！」

誰もが注視するその人と、視線があったような気がした。

その瞬間逃げ出さなきゃいけないことを思い出したけれど、七星の足が竦《すく》む。

「ラナイズ様」

誰からともなく、周囲の人が一斉にその場で膝《ひざ》を折り始める。

七星がぎょっとして見回すと、みんな地面にひれ伏すようにして騎士団の到着を待っていた。立ち尽くしているのは七星一人だ。

「ルルス！」

あたりの空気がビリっと緊張をはらむような凛とした、よく通る声。

猛スピードで駆けてきた馬がやがて速度を落とし始めたかと思うと、もう市場のすぐ目の前に迎えが来ていた。

正確には、どう考えても七星の迎えではないけれど。

「ルルス……なんだな？　本当に――……」

足元にひれ伏した人に脇目《わきめ》もふらず、マントを翻しながら馬を降りた男がまっすぐ七星に向かって歩いてくる。

これが本当に現実に存在する人だろうかと目を疑いたくなるほど腰の位置が高く、滑車のついたブーツを履いた足がスラリと長い。それが大股《おおまた》で七星に向かって歩いてくるのだから、逃げ出す隙がない。

「あ、……っいえ違います、あの、僕は天海七星といって――ルルスという名前では」

男が目と鼻の先まで来てようやく我に返った七星が思いきり首を左右に振りかぶろうとすると、瞬間、目の前が真っ白になった。

また気を失ったのかと思ったけれど、どうも、そうではないらしい。

「ルルス！　俺がどれだけ心配していたと思う！」

頭上から声が響いてきたと思うと、背中を強く抱きしめられる腕を感じた。

「え？　あ……ちょ……っ、あの」

慌てて身をよじると、すぐにその腕はほどけた。

しっかりと肩は摑《つか》まれたままだったけれど。

「ルルス、少し大きくなったか？　その服装はどうした？　転移魔法が宮殿までもたなかったのか、それならば伝心《でんしん》を飛ばしてくれたらすぐに駆けつけたものを。今までどこにいた？」

「あの、……ちょっと待って下さい！」

七星の顔を覗きこむように見た真っ青な瞳《ひとみ》を見返すことができなくて、七星は顔をうつむかせながら声を張り上げた。

ここの人は人の話を聞かないというのがお国柄なのだろうか。

少し乱暴な口調になってしまったけれど、相手も落ち着いて七星を見れば人違いだということがわかるだろう。

七星は少しでも相手との距離を開けようとして目の前の軍服に掌《てのひら》をあてがい、そっと押し返した。素直に身を引いてくれる。しかし肩を離す気はないようだ。そもそも腕のリーチがまるで違う。身長も、二〇センチ以上離れているようだ。

「……すまない。あまり一度に尋ねても答えられないな。ゆっくりでいい。お前のペースで話してく

れ。俺はもう二度と、お前を片時も離したりはしない」

顔を伏せた七星がちらりと男の顔を仰ぎ見ると、金糸のような睫毛《まつげ》に縁取られた双眸《そうぼう》が細められていた。

七星はこの人を知らないけれど、ひどく安堵《あんど》しているのだろうということは伝わってくる。それがわかるからこそ、申し訳なさで押し潰《つぶ》されそうだ。

「あの、しっかり聞いてください」

七星がこんなことを感じる筋合いはないのだけれど、言いようのない罪悪感に苛《さいな》まれながらはっきりと丁寧に、一語ずつ言葉を区切って発音する。

男は柔らかく微笑《ほほえ》んで小さく肯《うなず》いた。

いまどき海外の俳優だってこんな整った顔は見ない。

「僕は、ルルスという人では、ありません」

見つめ返すだけでもドギマギしてしまうような美形だけれど、しっかりと見据える。

どうにかして最初に伝えておかなければならないことだ。日本へ帰る手段を聞くのは、その後だ。

男が少し戸惑ったように目を瞬かせると、馬で駆けてくる途中に乱れたのだろう前髪が、はらりと額に落ちた。妙にあどけない表情に見える。

「僕は、日本からやってきた、天海七星という人物です」

やってきたも何も、やってきたつもりはないのだけれど。

とにかく日本からどういう経緯で来たのかはわからないけれど帰らなければいけないということを

伝えたい。

しかしそう続けようとした時、肩を摑んでいた男の手が離れて、七星の頰を撫《な》でた。

「っ、」

いつも、お前のほっぺたはぷにぷにしていると姉や同級生から面白がられてつつかれる頰だ。

だけど男はまるで宝物にでも触れるかのような優しい手つきで、表面の産毛をそっと撫でるように指を滑らせた。

「――そうか」

男が、物悲しそうに視線を伏せる。

まばゆい色の睫毛が影を落とすと、ただ事実を告げただけなのに彼を悲しませたことの罪悪感がますます募ってきた。

だけど片時も離さないというほどの相手なら、七星が違う人物であることくらい見抜いてほしいものだ。

「ここまで来てくださったのに、申し訳ありません。でも僕は日本に帰らなくてはいけなくて――」

「ステラ！」

七星が本題に入ろうとした声を遮って、唐突に男が声を張り上げた。

そのあまりにも威厳に満ちた声に、思わず肩が震える。

確かに、町の人がひれ伏したくなる気持ちもわかる。

「はっ」

おそらくステラと呼ばれた人なんだろう、マントこそ着けていないものの男に似た軍服を着た人物が即座に馬を降り、駆けつけてきた。

この人が空港や何処《どこ》かまで連れて行ってくれるというのなら、話が早くて助かる。

七星はようやく安堵して肩の力を抜いた。

男に礼を言おうと顔を仰ぎ、次の言葉を待つ。ずっと緊張していた頬に笑みすら浮かびかけていた。

「ルルスを宮殿に連れ帰る。鞍《くら》を用意しろ。ルルスが怪我《けが》をしているかも知れない。俺の馬に乗せる」

「え？」

弛緩《しかん》した唇から、思わず声が漏れた。

ステラと呼ばれた男が素早く馬に踵《きびす》を返し、準備を始める。おそらく、七星を馬に乗せるために。

「可哀想《かわいそう》に……記憶が混濁しているんだな」

すぐに七星へ視線を戻した男が、今度は七星の髪を撫でて小さくため息を吐きながら声を震わせる。

「いえ、あの――ちが」

「どんなつらいことがあったのか、無理には思い出そうとしなくていい。まずは宮殿で落ち着いて、健やかに過ごせ。宮殿に戻って見慣れた景色にいるうちに、自然と記憶が戻ってくるだろう」

まるで自分がつらい目に遭ってきたかのように声を引き絞る男の、七星を摑んだ手は解けない。

記憶は確かに混濁している。

あの熱気のこもった体育館からこんな見ず知らずの地までどうやって来たのか何一つわからないくらいなんだから。

だけど、自分がルルスと呼ばれたことなんて一度もないことくらいわかる。

七星は生まれも育ちも日本だし、海外旅行をしたことさえない。こんな土地や、ましてや宮殿になんて縁もゆかりもない人生を送ってきたのだ。

「ちょ……っあの、本当に、人違いですから！」

髪を撫でる手を払うように首を振ると、男は痛ましげに微笑んだ。

これはもはや、何を言っても通じないような気がしてきた。

唖然として七星が男を仰いだその時、馬の準備が整ったという声が響いてきた。


「ルルス様、お召し替えでございます」

天蓋《てんがい》付きのベッドで目を覚ますと、どこからともなく女官が足音もなく駆けつけてきて七星に恭しく頭を下げる。

監視でもされているのだろうか、七星が目を覚ますとまるでそれを察知したかのようにやってくるものだから、ベッドは豪華で寝心地のいいものだけれど、目覚めはあまりよいものじゃない。

女官の手には、生成りの布に鮮やかな刺繍《ししゅう》が施された服が用意されていた。

「ああ、あの……ありがとうございます」

この部屋で目を覚ますのはもう五日目だ。

朝がくるたびに夢から醒《さ》めていなかったことに呆然とした気持ちになる。

あの市場のあった町を抜けても映画の撮影セットのような風景は続いていて、どこからもカットの声は響かない。そもそも七星は映画スターになった覚えなどないのだから当然かもしれない。

五日を過ぎてなんの山場を迎えなくてもドッキリ成功という看板は現れないし、ドッキリにしてはあの日七星が連れてこられたこの宮殿は金がかかりすぎているように思う。

ジレダと呼ばれた町から六メロン——七星の体感では十五キロメートルほどに感じられた——離れたこの宮殿はプレアデス宮殿というらしい。

あの茶色っぽい市場とは打って変わって豪華で白眉《はくび》な宮殿だ。

といっても、七星は宮殿なんて写真でしか見たことがない。それもヴェルサイユ宮殿とかバッキンガム宮殿くらいが関の山だ。

だけどこの宮殿はその記憶のどれとも違っていた。見たこともない宮殿を夢に見るくらい想像力が豊かじゃない。

プレアデス宮殿は二階建ての建物で、とにかく横に広く、緩やかな半弧を描いている。

外壁は白い石造りで、七星が初めてここに連れてこられた時は陽《ひ》が傾き始めていたから、夕陽があたってまるで金色に輝いているようにさえ見えた。

弧状の宮殿に包まれた庭には噴水があって、花も咲き乱れていた。

そこにざっと百人はくだらないほどの騎士が並んで七星の——正しくはルルスという人の——帰りを迎えてくれた時は、卒倒しそうになった。

宮殿、と聞いた時に気付くべきだったのかもしれない。

ルルスはどうやら、この国の皇子様のようだ。

「あの、っ自分で着替えられますから……！」

ともすればぼんやりしている間に寝間着を脱がされて着替えさせられそうで、七星は慌ててベッドの上を後退った。

女官たちは既に五日も毎朝毎夕のこととはいえ、困りきった顔をしている。

彼女たちにしてみれば七星は大事な皇子様で、そうすることが彼女たちの仕事なんだろう。

だけど七星は皇子様ではないし、そんなふうに育ってもいない。

彼女ができたこともないのにこんな――七星と同じほどか、年上だとしても五つほどしか離れていないような若い女子に服を脱がされるなんて、たまったものじゃない。

「大丈夫！　自分で、着替えますから！　ありがとうございます」

おちおち寝ぼけてもいられない。

もしかしたら言葉が通じにくいのかとはっきり大きな声で丁寧に断ると、それでも何故か彼女たちが申し訳なさそうな顔で頭を下げて、ようやくベッドを離れてくれた。

「はぁ……。本当、なんなんだよこれ……」

もう理解が追いつかない。

混乱することにも疲れ始めてきて、七星は重いため息を吐きながら寝間着の帯に手をかけた。

寝間着もシルクのような滑らかな布でできた上等なものだ。最初、宮殿についてお風呂《ふろ》――湯浴みと言われたけれど、要するにだだっ広い銭湯、いやどこか南の島のコテージについているプールかそんな感じの浴室で汗や砂埃を落としてからこの寝間着を手渡された時、七星は思わず怒りの声をあげそうになった。

というのも、用意された寝間着はまるで白いワンピースのような形をしていたからだ。

襟ぐりが広く開いて、袖《そで》も裾広《すそひろ》がりでひらひらとしている。

また女に間違えられたのかと思った。

僕男なんですけどと不服そうに訴えた七星に、女官はぽかんとして、男性物の寝間着であることを戸惑いがちに教えてくれて七星はばつの悪い思いをしたものだ。

ここがどこなのかはいまだにわからないけれど、そういうところなんだろう。

最初は慣れなかったけれど、浴衣みたいなものかと思えば股がスースーと風通しいいのもなんとなく慣れてきた。

ベッドは七星が三人くらい寝相悪くしても大丈夫なくらい広くて、まるで雲に包まれているようにふわふわだ。

いつもの癖で朝練が始まるくらいの時間に目を覚ましてしまうけれど、寝坊したところで誰から起こされるという気配もない。

優雅、というのはこういうことをいうのだろうか。

どうしてこんなことになっているのかはさっぱりわからないけれど。

優雅な生活を望んだ覚えもない。

早くに父を亡くした七星の家は、確かに裕福ということはない。母一人の収入で、姉二人と七星を育ててくれた。クラスメイトが新作ゲームに興じている中、七星はずっと剣道に打ち込んでいたからそれを羨《うらや》ましいと思ったこともない。

だけどこんな夢みたいな生活、漫画やゲームが好きな姉たちならばきっと喜ぶのだろう。

しかもこの宮殿にはとっておきの――

「ルルス」

七星がその人の顔を思い浮かべそうになった時、まさにタイミングよく部屋の扉が開け放たれて凜としたバリトンボイスが飛び込んできた。

「っ！」

緩慢に脱いでいた寝間着の腰紐を慌てて結び直して、さらに布団も引き寄せる。

天蓋つきとはいえ刺繍が縫い込まれたレースのようなものだ。部屋の扉を開いたのが誰かは一目瞭《りょう》然《ぜん》だし、そもそも声だけでそれが誰かはわかる。

宮殿の誰からもルルスだと思われている七星の部屋に不躾に入ってこれる人物も、彼しかいない。

「目覚めたか、ルルス。お前はいつも早いな。きちんと休めているのか？」

早いなと言いつつ、彼が七星よりも遅く起きてきた姿を見たことがない。夜も遅くまで仕事をしているとと聞いたことがある。

とはいえ、七星が知らないだけで普通はそういうものなのかもしれない。

彼は、――この国の君主なのだそうだから。

「ラ、……ラナイズ様、おはようございます」

七星をルルスだと言って突然抱きしめてきて、この宮殿へ有無をいわさず連れてきた張本人だ。

ラナイズ・レギス・アルクトス・ズィムリア。舌を噛《か》んでしまいそうなこの名前が、フルネームらしい。天海七星なんて四文字で済むのに、えらい違いだ。

「どうした？　体を隠したりなんかして。まだ着替えが済んでいないのか」

既にシルエットのきれいなカットソーのような服と細身のパンツ姿、膝の上まであるようなブーツという出で立《いた》ちに着替えを済ませているラナイズが、困ったやつだとでも言うように笑いながら、ベッドに歩み寄ってくる。

「ええ、あの……着替えたらすぐに、広間に向かいますので」

「女官を帰してしまうから着替えに手間取るのだ。……どれ、俺が手伝ってやろう」

「っ！」

天蓋をばさりとめくり上げて顔を覗かせたラナイズは、本気で七星の着替えを手伝うつもりのようだ。

年頃の女子に着替えさせられるのもたいがいだけれど、男に手伝われるなんてもっと気まずい。体育や部活前の男子更衣室とはわけが違う。なんとなく違うように思う。

「いえ！　あの……一人でできますから！　お気遣いなく！」

布団を抑えている手のもう一方を突っ張って掌を向け、それ以上こちらに来るなという意思表示をする。

用意された服は長い袖の内側に大きくスリットが入っていて、最初はどこに腕を通せばいいかわからなかった。しかし初日こそ女官に直されたものの、一日に二回も「お召し替え」があればさすがに慣れてしまう。

どうして朝着替える以外に夕食前にも着替えなければならないのか七星にはいまだに理解できない。

「なんだ、遠慮することはないぞ？　俺はお前の兄だ。恥ずかしがるようなことじゃない」

そうだ。

この人の話を一向に聞こうとしないラナイズという男がルルスの兄弟だということを知ったのは、七星がこの宮殿に着いてすぐのことだった。

人違いだ、帰りたいんだとしきりに繰り返す七星を記憶喪失なんだろうと勝手に判断したラナイズは、事細かにルルスについて教えてくれた。

このラナイズのたった一人の弟であるということ、ラナイズが自分の領土を持つようになってからはこの宮殿でずっと一緒に暮らしてきたこと。

三年前、忽然《こつぜん》と姿を消したということ。

何よりも七星が憤ったのは、当のルルスは今年十五歳になるということだった。

たしかに七星は体が小さく童顔だから、中学生と間違われることのほうが多い。特に日本人は外国人から見たら幼く見えるというからそのせいかもしれない。きっとそういうことだろうと思いつつ、念のため七星はこの国の一年間が何日あるのかと、一日が何時間で、歳《とし》を取るのは一年に一度かということを確認した。

結果としては一日の長さは多分変わらない――そもそも時間の単位が違うのでわからなかったが、体感的には大差ないようだ――が、一年が三二〇日で回っているようだった。

しかもこの国では生まれ落ちたその年が一歳だという。日本でいう数え歳のようなものだ。

つまり、ルルスは日本にいれば十二歳ほどということだ。

十七歳にもなってまさか小学生ほどの子供に間違われるなんて。

思わず頭を抱えた七星を記憶の混乱で苦しんでいると思ったのか、ラナイズはひどく心配してくれたけれど、やはり人違いだと繰り返すことしかできなかった。

ラナイズがルルス――だと思い込んでいる七星に対して過剰とも思えるくらい干渉してくるのも、まだ小さな弟に対しての態度だと思えば理解もできる。

それも、三年間も行方が知れなくなっていたのだから。

「ほら、ルルス」

拒絶のために伸ばした腕など視界にでも入っていないかのように、ラナイズはベッドの端に腰かけると布団を摑んだ七星の手に触れた。

「だから、何度も申し上げている通り……僕はルルス――あなたの弟ではないんです。泊まらせていただいたことには感謝していますが、」

「ああ、そうだったな。ルルスではなくて何と呼べばいい？」

レースの天蓋を通して差し込んでくる朝の優しい光に、ラナイズのプラチナブロンドが揺れる。

思わず目を瞠るほどの白い肌に見惚《みほ》れるような笑みを浮かべたラナイズは、――絶対に、七星の言うことを微塵《みじん》も聞いていない。

一度頭がおかしい人間だと思われたらもはや何も聞き入れてもらえないというのだろうか。

七星は朝からぐったりと脱力して、ため息を吐いた。

「七星です。天海七星。生まれてから十七年間、この名前以外になったことはありません」

「そうだったな。ナナセはええと……ニホという国から来たんだと言っていたな」

抵抗する気も失《う》せた七星の手から布団を引き剝《は》がしたラナイズは、七星が途中まではだけていた寝間着を開いて袖を片方ずつ丁寧に抜いていく。

初めて会った時も思ったものだが、ラナイズは七星に触れる時本当に壊れ物でも扱うかのように優しい。まるで自分がひどく大切な存在になったかのように勘違いしてしまいそうになる。

それだけラナイズにとってルルスは可愛《かわい》い弟だったのだろう。

「……日本、です」

「ニホン。そうか、ニホンか。そこでナナセはどんなふうに暮らしていたんだ？」

視線を伏せて微笑みながら七星の寝間着を脱がせたラナイズが、女官の置いていった服を手にとってまた七星の腕に通していく。

「どうって……普通に学校に通って、勉強と部活に明け暮れてました。進学する大学も決めていたし、そろそろ中間テストがあるから帰らないとやばいんですけど」

「家族は？」

袖を通した服の皺《しわ》を丁寧に伸ばして、付いている心配もないのに埃を払うように表面を撫でる。その手がくすぐったくて、七星は小さく身震いした。

「家族は、母と姉が二人います。兄がいたことは一度もありません」

「そうか」

高い立襟のボタンを留める手を一度静止して、ラナイズが少し表情を翳《かげ》らせた。

言い過ぎたかもしれない。

いやでも事実なのだから仕方がない。早く人違いだということをわかってもらうためだ。

七星が自分の弟ではないとわかったらラナイズは悲しむかもしれないけれど、そんなの七星にはどうしようもない。むしろ早く本物を探した方がいいに決まっている。

「父はいなかったのか？」

すぐにボタンを留める手を再開させたラナイズが、視線を上げる。

ずっと手元に伏せられていた青い瞳が至近距離で七星を覗きこんで、思わず心臓が跳ねた。

まるで作りものか漫画かというような信じ難いほどの美形は、心臓に悪い。七星は思わず視線を逸《そ》らして、呼吸を整えた。

「父は、僕が小さい頃に事故で亡くなりました。記憶はありません」

姉は父のことを覚えているようだけれど、話に聞くのは笑い話ばかりだ。

楽しくて優しくて頼りがいのある立派な人だというから、会ってみたかったなと思いこそすれ寂しさも特にない。

「そうか」

ラナイズは言葉少なに肯いて、ボタンを留め終えた服をぽんと叩《たた》いた。

「さあ、立っておくれ。俺の可愛い弟君」

「だから違うって……って、下はいいです！　自分で履けますから!!」

油断していれば布団を剝ぎとってしまいそうなラナイズの顔を仰いで、慌てて布団をぎゅっと押さえる。

寝間着はワンピースのようにひとつなぎになっているから、今、布団の下の七星の下肢は何も着けていない。

そもそもぼんやりとされるがまま服を着替えさせられてしまったことを思うと、顔がかっと熱くなってくる。まるで子供じゃないか。

「なんだ、いいじゃないか。兄に見られて困るようなものでもあるまい」

「兄じゃないのでダメです！」

七星が嚙みつくような形相で必死で声を張り上げると、ラナイズは驚いたように目を瞠った後、急に声をあげて笑った。

「ははは、そうか。確かに兄じゃないならおかしな話になるな。じゃあ下は自分で履いておいで。広間で待っているから」

何がそんなにおかしいのか、青い眼《め》に涙さえ滲《にじ》ませてひとしきり笑った後、ラナイズは布団にかけた手をぱっと離してくれた。

七星はほっと肩で息を吐いて、ぎこちなく肯く。

人違いだということを理解してくれたわけではなさそうだけど、無理強いすることもないのか。

まあ弟だと思えばこそ嫌がることを強いるような兄ではないようだけれど。

「早く来いよ。今朝はお前が好きなピスキスのスープを作らせた」

ピスキスが何かもわからないしそんなものが好物だった覚えもないけれど、ベッドから腰を上げたラナイズを思わず仰ぐと肩に手が伸ばされた。

七星の肩に手をついたラナイズが身を屈《かが》める。

朝陽を受けたラナイズの美しい貌《かお》、高い鼻梁《びりょう》や形の良い唇に思わず見惚れていると、ちゅっと頬にその唇が落ちてきた。

「……！」

慌てて頬を掌で抑えた時には、既にラナイズは踵を返している。

確信犯としか思えない素早さだ。

「ラ、ラ……ラナイズ様……！」

いったいどういうつもりだと抗議しようとする声が震える。

背を向けて部屋を後にしようとするラナイズはまた声をあげて笑っていた。

「堅苦しい呼び方はやめろ。昔のように、ラナイズと呼んでくれ」

部屋を出て行く寸前、振り返りざまに片目を瞑《つぶ》ったラナイズに思わず枕《まくら》を投げつけてやりたくなる。

女子にキスをされたこともないのに！

「にぃに、と呼んでもいいぞ？」

「！」

明らかにからかうような口調で言ったラナイズに七星が枕を握り締めると、すぐに部屋の扉が閉まった。

「うっわ、うまい」

大きな広間の中央に置かれた長いテーブルについた七星は、スープを口にするなり思わずつぶやいた。

「良かったな、ルルスの口に合ったようだ」

七星がスープを口にする様子をじっと見つめていたラナイズが、まるで自分のことのように嬉《うれ》しそうに顔を綻《ほころ》ばせて、料理人を振り返る。

肌が爬虫類《はちゅうるい》のようにウロコ状になっている料理人が、深々と頭を下げた。

ピスキスというのは白身魚のようで、それをシンプルなスープで味付けしてある。淡白なのに、コクが深くて後味にはさわやかな風味さえあった。

「ペルコーと一緒に食べるといい」

ラナイズがそう言うと、金色で脚の長い盆に盛りつけられたパンのようなものが運ばれてくる。

焦げ茶色の髪をした男性に礼を言ってそれを一つもらうと、見た目や手に持った感じは平べったいパンなのに、ずっしりと重量がある。

それをちぎって一つ口に含むと、七星の知っているパンとは違う、ジューシィな練り物のようだった。

「わ、これも美味《おい》しい」

「いくらでもお代わりはあるからな。好きなだけ食べるといい」

ペルコーを皿に置いて、またスープを掬《すく》う。口の中でスープとペルコーの味が合わさるとまた風味が変わって、七星は感激した。

これがファミレスだったらうまいうまいと騒いで足をばたつかせていたかもしれない。

何人もの従者が背筋を伸ばして控えているものものしい食事の場ではとてもそんなことできなかったけれど、それでも七星は夢中でペルコーに齧《かじ》りついた。

その様子を満足気に見つめた後でようやく、ラナイズがスプーンを手にする。

金糸のような睫毛を伏せて姿勢を乱すことなく静かにスープを口に運ぶ仕種《しぐさ》は、どの瞬間を切り取っても感嘆の息が漏れそうなくらい様になっていた。

行儀も作法もまるでわからない自分が急に恥ずかしくなって、七星はごくんと喉《のど》を鳴らした。

もらってからすでに半分ほども食べてしまったパルコーを摑んでいる自分の指先まで、あまり綺麗《きれい》じゃないように見える。

七星の肌に触れるラナイズの指先はあんなに滑らかで爪《つめ》まで綺麗に整っているのに。

「どうした？」

おずおずとパルコーを皿に戻して両手をテーブルの下に隠した七星の様子にすぐ気付き、ラナイズが目を瞬かせる。

「喉でも渇いたか？　水を用意しようか、それともマルムの果汁のほうがいいか？」

「あ、……いえ、そういうわけじゃなくて」

膝の上に伏せた掌がじっとりと汗ばむ。

宮殿に連れてこられたのだって不可抗力なのだし気にする必要なんてないとわかってはいても、生まれながらに気品がある人の前でみっともなくがっつくことなんてできない。

スープもパルコーも美味しいけれど、緊張でもう喉を通らなくなっている。

「では菓子にするか？　お前の好きな――」

「も、もう大丈夫です！　お腹《なか》いっぱいですから」

七星が声を上げると、ラナイズが鼻を挫《くじ》かれたように口を噤む。

せっかく料理人が作ってくれたものを残すなんて七星に耐えられることではないけれど、ここで食べる気にはなれない。

だって七星は、こんなきらびやかな広間で食事をすることに慣れていないんだから。

「――……そうか」

しばらく気遣わしげに七星の伏せた顔を窺い見ていたラナイズが、そっとスプーンを置いた。

「あ……」

ラナイズまで食事をやめる必要はないのに、気を遣わせてしまった。

弾《はじ》かれたように七星が顔を上げると、ラナイズは陽でも差すかのようにぱっと明るく破顔していた。

思いもよらない表情に七星が驚いていると、ラナイズが手を掲げて従者を呼び寄せた。

「食事を庭園に用意させろ。俺とルルス、二人だけで食事を摂《と》る。菓子の準備も忘れるな」

ラナイズの凛とした命令に従者が黙って頭を下げ、すぐに目の前の皿が下げられて準備が始まる。

「あ、あの……！」

まさか、七星が気後れしていることがバレてしまうとは思わなかった。

他の人にも余計な準備をさせることになるし、自分一人のためにそこまでしてもらうのが申し訳なくなってくる。慌ててテーブルに身を乗り出すと、ラナイズはまた器用に片目を瞑って笑ってみせた。

「大丈夫、内緒の会食だ。お前の帰りを庭園の小鳥たちも楽しみにしていただろう」

ラナイズがどことなく嬉しそうに笑うと、どうも言葉に詰まってしまう。

実際腹は空《す》いていたのだし、二人だけだと思えば多少は気が楽だ。せっかく作ってもらった美味しい食事を食べることもできる。

七星が首を竦めて閉口しているうちにも、着々と準備は進んでいるようだ。

その手慣れた様子や、ラナイズの言った「小鳥たち」という話から、どうも庭園で食事をするのは初めてではないように感じた。もちろん、七星にとっては初めてのことだけれど。

「あの……以前も、こうして二人で食事をしたことがあるんですか？」

「ああ。お前は昔から食が細かったからな。俺に時間がある時は外でのんびりと菓子をつまませた。そうでもしないとお前は一食も口にしないからな。だから大きくなれないいんだぞ？」

「……！」

うぐ、と喉の奥が鳴る。

七星はラナイズの弟と違ってそれなりに食べる方だ。少なくとも小食と言われたことはない。それでも大きくなれなかったのだ。

憤りを感じるべきなのに、七星のことを気遣って食事の場所を変えてくれるというラナイズに苛立《いらだ》つ気持ちは起こらない。

「さあ、俺たちも行くか」

食事を盛りつけた皿を手にした従者たちがしずしずと広間を出て行くと、ラナイズも腰を上げた。慌てて七星もそれに従う。

だだっ広い食事室から出られると思うとそれだけで少し気が楽だ。

「ラナイズ様、嬉しそうね」

ラナイズの後を追って広間を出ていこうとする瞬間、鳥のような嘴《くちばし》をもった女官が赤毛の女官と雑談に興じている声が聞こえてしまった。

廊下の隅に控えていた彼女たちは、ラナイズと七星が退室していないことに気付いていないのかもしれない。

「それはそうよ、あんなにお探しになっていたルルス様がお戻りになったんですもの」

「ラナイズ様のあんなに朗らかな笑い声久しぶりに聞いたわ」

どちらの女官も胸がいっぱいだというように潜めた声を震わせている。

この宮殿で働いている従者にラナイズは慕われているのだろう。それこそ、その表情が翳れば我がことのように胸を痛めるくらい。

そのラナイズが、弟が行方をくらましたせいでずっと気を塞《ふさ》いでいたのか。

七星はラナイズに出会ってからずっと、笑った顔ばかり見ているような気がするけれど。

「――……」

知らず前を歩くラナイズの大きな背中を見上げると、不意にその端正な顔が振り向いた。

「！」

突然目があって、ぎくりとさせられる。

ラナイズの耳にも女官たちのうわさ話が届いていたのだろうか。

しかし七星がそう尋ねるまでもなく、ラナイズは長い人差し指を唇の前に立てるといたずらっぽく笑った。

＊　＊　＊

それからは朝食に庭園で過ごすのが日課となった。

夜は外が冷え込むこともあり、庭園には照明の用意がないというのでわざわざ用意させるのは気が引けて、夕食は広間で食べる。

朝食をラナイズと気の置けない時間にすることで、夜も少しは気にならなくなってきていた。

食事の作法を教えてくれと言うのは図々しいような気がして黙っているけれど、ラナイズの見よう見真似《まね》でナイフやフォーク、スプーンの使い方を見ているうちに多少は様になってきた――ような気がするからかもしれない。

「今日は公務があるから、俺は少し早めに失礼するよ。お前はゆっくり食べていていい」

蔦《つた》が這《は》ったようなデザインの大きなテーブルで隣同士に椅子《いす》を寄せながら、七星が最近気に入っているる柑橘《かんきつ》系のムースのようなデザートを食べているとラナイズが言った。

「公務、」

思わず口に出して復唱してから、七星は小さく肯いた。

ラナイズはただの過保護な兄というだけでなく、アルクトスという国の君主なのだ。それは仕事もあるだろう。

朝食だというのに珍しく純白と金色の礼服を着ているると思ったら、すぐに仕事に発《た》たなければいけないのか。

このところずっと朝をのんびり過ごしていたのは、七星を食事に慣らすためなのかもしれない。

小さい頃から身についているだろう行儀作法が使えなくなっている時点で人違いだと気付いてくれればいいと思っていたけれど、どうもそんな気配もない。むしろ七星がラナイズの知っている弟よりたくさん食べるせいで喜んでさえいる。

今も、デザートを嚥下《えんげ》する七星に双眸を細めたラナイズは仕事と言いながらテーブルを去り難そうだ。

「ああ。近隣の亜人《デミ》連合国と調印式があってな」

「デミ？」

七星にとって、この国の言葉は知らないことばかりだ。

なまじ言葉が通じるからこそ端々でわからない言葉が出てくると気になってしまう。どれも、学校の授業で習ったことがないことばかりだ。

「ああ、えーと……お前も会ったことがあるだろう。我々と肌質や顔形の違う……何と説明するのか、亜人は亜人だからな……」

困惑したように、ラナイズが首をひねる。

もしかしたらこの宮殿の下働きにもよく見かける、爬虫類のような肌をした人間とか羊のような角をつけた人間のことだろうか。

初めて見た時はハロウィンの仮装かと思ったものだけれど、どうやらそうじゃないらしい。コウモリのような翼を持って空を飛んでいる人間を見たこともある。

それはさながら七星が漫画やゲームで見たファンタジー世界の住人そのもので、さすがに腰を抜かしそうになった。

だけどそれはこの国では、普通のことらしい。

いやそんな人たちだけの連合国家があるということなら、この国だけの特殊な事情というわけでもないようだ。

ここがアジア圏内なのかヨーロッパ諸国のうちの一つなのか、日本からどれくらい遠いのか知りたくて一度ラナイズに頼んで世界地図を見せてもらったことがあった。

だけどそこに、七星が知った形の国は一つもなかった。

これがドッキリならずいぶん長い撮影ということになるし、もしそうじゃないなら——と考えると、気が遠くなる。

　夢だと思うほかない。

「亜人の国はここから遠いんですか？」

「そうだな、国境から三メロンと離れてない」

　とはいえ、宮殿はアルクトス公国の中心にある。国境までが十メロンほどあるから、あわせて考えると三〇キロメートル以上の距離だ。

　それにこの国は地図で確認するまでもなく、先端が槍《やり》のように尖った高く険しい山に囲まれている。それを越えていかなければならないのだろうか。

「……結構ありますね」

　指折り距離を換算して言うと、ふっと表情を綻ばせたラナイズが七星の髪をそっと撫でた。

「心配するな。俺の愛馬は駿馬だ。公務を終えたら一人だけでも真っ先にお前のところに帰ってくる」

　髪を梳《す》くように指を滑らせながら隣から顔を覗きこまれると、自分が男でも思わず顔が熱くなってくるのを感じて七星はわずかに身を引いた。

　ラナイズが七星と勘違いしている弟を溺愛《できあい》しているのは嫌というほどわかってきたけれど、それにしてもまるで恋人に対して囁《ささや》くようなことを毎日、放《ほう》っておけばいつまででも言える神経はすごい。

　ラナイズがもともとこういう甘い言葉を好んで吐くような人間だというなら気にもならないかもしれないけれど、ラナイズに妃《きさき》はいないようだし、今のところ恋人の姿もない。

　君主というのだから政治的に決められた相手がいるのかもしれないけれど、七星は今のところ見たことがない。

それに宮殿で働く女官に対してもラナイズは目もくれないようだ。

女官だけでなく、ラナイズが特定の相手に微笑みかけている姿をいまだに一度も見たことがない。

七星以外には。

「き、気をつけてくださいね」

七星が首を竦めるようにして熱くなった顔を逸らすと、ラナイズの手はもう一度だけくしゃりと乱暴に髪をかき混ぜてから離れた。

「ああ、ありがとう。お前も俺が留守の間気をつけるんだぞ。部屋に閉じこもっていろとは言わないが、宮殿内からは出るんじゃない。どこに危険があるかもわからない。常に従者を侍《はべ》らせて、なにかおかしなことが起これればすぐに――」

「あの、……僕、子供じゃないんですから」

優しいながらも真剣な口調の小言を遮ると、一旦《いったん》口を噤んだラナイズが快活な笑い声をあげた。

「はは、すまない。つい昔の癖で。そうだな、お前はもう子供ではなかったな」

ラナイズからしてみたら、当時十二歳――日本でいえば八歳ほどの弟が行方不明になったのだから、それが帰ってきたとしても心配になるのも無理はない。

とはいえ、高校二年にもなった七星が小学生低学年かというくらい過保護にされてはいたたまれない。

この国が七星の知らないことばかりなのは確かだけれど、今のところ怖い思いをしそうな気配もないのだし。それくらいこの国は平和だし、だからこそ突然行方をくらませたルルスのことが奇妙でもある。

七星はラナイズに乱された髪を手櫛《てぐし》で直しながら、ふと小鳥のとまった木々の隙間から見える青空に視線を向けた。

「ラナイズ様……ラナイズ、ところで他にはどんな国が近くにあるんですか？　亜人の国は連合国家だって言っていたけど」

一度見せてもらった世界地図では、地形を見るので精一杯だった。日本も、アメリカも中国もイギリスも見当たらない世界地図に愕然《がくぜん》として何も尋ねる気にはならなかったけれど、あの中に亜人の国というのもあったのだろう。

何の気なしに七星が尋ねるとラナイズは目を瞬かせたあと嬉しそうに笑って口を開きかけたものの、――礼服姿の従者がやってくると表情を改めた。

七星にだけ向ける柔らかな表情ではない、威圧感のある、君主の顔だ。

その表情の変化を間近で見ると、いまだに肌が粟立《あわだ》つようだ。怖いというのではないけれど、ラナイズはなんだかぞっとするほど怜悧《れいり》で美しい。

「陛下」

そろそろ、と出立を促す従者にラナイズが顎《あご》を引いて肯く。

「あ……ごめんなさい。時間がないって言ってたのに」

「謝ることはない。お前がせっかく世界情勢について知りたがっているのに、答える時間がなくてすまないな。また今度ゆっくり、地図でも広げて話すとしよう」

椅子を立ち上がったラナイズが再び七星に向かって微笑むと、思わず嬉しくなってその顔を仰いだ。

最初はショックを受けて直視できなかったけれど、もう一度あの地図を見たいと思っていた。

「はい！　お時間がある時に」

七星も立って見送りをしようかとラナイズを仰いだまま腰を上げようとした、その時。

視界に影が落ちたかと思うと、見上げたはずのラナイズの顔が見えなくなって、代わりに頬に柔らかいものが触れた。

「！」

ちゅっと短いリップ音が耳元で響く。

驚いて顔を引き、頬を手で押さえるとラナイズが声をあげて笑った。

「お前のためなら喜んでいくらでも時間を作るよ。可愛い可愛い、俺の弟」

「だから僕はあなたの弟じゃなくて……！」

人違いなんですって、と今日もお決まりの言葉を告げようとしたものの、あまりに屈託のないラナイズの笑顔を見ていると何故か言葉に詰まってしまった。

「ははは、じゃあ行ってくるぞ。夕食までには戻る」

本当に時間がなかったのだろう、ラナイズはそう言うなりもう一度七星の髪をひと撫でして踵を返してしまった。

一礼して立ち去っていく従者と一緒に、見る間に庭園を後にする。

「行ってらっしゃい！」

七星はその背中に声を張り上げると、ラナイズにキスをされた頬をぎゅっと自分で摘《つま》んだ。

赤ん坊の時ならいざしらず、姉が七星にキスをするなんてこともなかったし考えるだけで顔を顰《しか》めそうになる。それなのにラナイズは平気で弟だと思っている七星にキスをしてくるのだから驚く。

何度されても慣れるようなことじゃないし、びっくりするせいで心臓がばくばくと跳ねてしまうのも困る。

「はー……」

動揺を押し隠すために、誰にともなく大きくため息を吐いてみせた七星はテーブルに頬杖《ほおづえ》をついて空を仰いだ。

チチチ、と頭上から小鳥のさえずりが聞こえる。

と言っても七星が見慣れたスズメのような鳥ではなく、パステルグリーンの羽をもった丸々とした可愛らしい鳥だ。これがラナイズの言っていた、ルルスの帰りを喜んでいる小鳥とやらだろうか。彼らに七星はどう映っているのか知らない。

ラナイズが朝から公務に出て行ってしまうことは多くないが、とはいえいつも昼の間は七星を構ってばかりいるわけでもない。宮殿に連れてこられてしばらく経つけれど昼間の七星はすることもなく時間を持て余すばかりだ。

今日も例外じゃなく、退屈な時間が始まってしまった。

一度、体がなまっていることを自覚して宮殿の周りを走ってみたことがある。

今までは朝夕ずっと剣道の練習をしてきたからその習慣を失った七星の体はすっかり重くなっていて、通っていた高校の校庭三周分以上はあろうかという宮殿の周りを走るだけでくたびれてしまった。

それになにより、ラナイズから「ルルスから目を離さないように」と言いつけられているのだろう女官たちが七星を追いかけるので息を切らしてしまって、なんだか申し訳ない気がしてそれきり走っていない。

あまりに退屈すぎて勉強をしようかとさえ思えてくる始末だ。

七星は決して成績の悪くない生徒ではあったけど、勉強が好きなわけでもない。ただ、することがないよりはマシだ。

「と言っても、どちらかと言えば体を動かすほうが……」

誰もいないのをいいことに気の抜けた声でぼやいていると、遠くから男の太い声が響いてきた。

厳しそうな、号令の声だ。

小学生の頃に通っていた剣道場の先生の声に似ている。思わず背筋が伸びてしまう。

椅子を立ち上がって、声がどちらからするか耳を澄ませる。

やがてすぐに、ラナイズから命を受けたお目付け役の女官がやってきた。

「すみません、この声ってなんですか？」

「声？　……ああ、おそらく騎士団の皆様が訓練をされているのではないでしょうか」

七星につく女官は——七星が宮殿の周りを走り回った日以来——三人に増えて、そのうちの一番年配に見える黒髪の女性がにこりともせずに教えてくれた。

「騎士団」

七星を最初にこの宮殿に連れてきた、ラナイズと一緒だった人たちのことか。

白い軍服に身を包んだ、屈強な男性たちの姿を思い浮かべる。

「あの！」

七星はここに来て初めて湧《わ》き上がるような興奮を覚えて、女官に詰め寄った。

「騎士団の訓練って、どこでやってるんですか？　僕、見たいです！　連れて行ってください！」

騎士団の訓練は、宮殿の正面に開けた広い庭園で行われていた。

噴水を前にした白い石畳に百人超の屈強な騎士たちが、まるで定規で計ったかのようにまっすぐ整列する姿は圧巻だった。

訓練着なのだろうか、簡素なシャツからむき出しになっている太い腕にそれぞれバンテージのような布を巻きつけている。その布の端が、剣を振り下ろすたび一斉に翻る様さえ美しい。

「ルルス様？」

「ルルス様だ」

女官に案内された七星が姿を見せると、それに気付いた騎士が口々に驚きの声をあげる。

七星はそれほどまでにルルスという人物に似ているのだろうか。どうしたって苦笑しか返すことができない。

騎士団の前に一人立っていた、暗い赤色の髪をした男がざわめきに気付いて七星を振り返る。騎士たちに短く指示を残すと、すぐにこちらへ駆けつけてきた。

「ルルス様、このような平服で御前を失礼致します。私どもに何か御用でしょうか」

七星の前まで駆けてくるなり、ある一定の距離でピタリと止まると男は当然のようにその場で膝を折った。

あまりのことにぎょっとして七星が目を瞠ると、その男に対して七星の背後で女官たちも頭を下げている。

「か、顔を上げてくださいっ！　あの、訓練を見たいと思って……すみません、お邪魔でしたか？」

左胸に掌をあてがって頭《こうべ》を垂れていた男が、七星の言葉に呼応するようにその精悍《せいかん》な顔を上げた。

服装が違っていたので――あの時《とき》は軍服を着ていたから――わからなかったけれど、男の顔には見覚えがあった。

確か、ステラという人物だ。

「いえ。アルクトスを護《まも》る我々の訓練の様子を気にかけるのは陛下の弟君として大切なお役目。我々の士気も上がります。存分にご覧下さい」

そんな大層な意味はなかったのだけど、とは言えず七星は返す言葉に詰まって苦い表情を浮かべた。

「あの、……ステラさん」

背後の女官を窺い見てから七星がおずおずと口を開くと、名前を覚えられていたことに驚いたのか、ステラが大袈裟《おおげさ》なくらいに恐縮してまた顔を伏せた。

「あ、いえ、顔を上げて……。もし、あのご迷惑でなければ……訓練に参加させていただくことはできないでしょうか？」

ステラから指示を受けた騎士の面々は広間を大きく使って剣を振るっている。

その姿はよく統率されていて、七星がよく知っている剣道場の風景とはだいぶ違っていたけれど、退屈を持て余していた体をむずむずとさせるには十分だ。

「！　そんな……ルルス様に剣を握らせるなど！」

背後で成り行きを見守っていた女官たちも息を呑むのがわかった。

ステラは激しく動揺し、女官たちは今にも卒倒しそうだ。七星は自分がそんなにも大それたことを言ってしまったのかと躊躇《ちゅうちょ》したけれど、額に汗を浮かべて訓練している騎士の様子を見ていると言葉を引っ込めることもできない。

「ダメですか？」

「いえ、陛下であれば剣術の師範もおりますし我々と手合わせすることがありますが、……ルルス様は魔力に恵まれていらっしゃいますので、失礼ながら剣術は必要ないのでは」

「魔力？」

思わず聞き返すと、顔を伏せていたステラがちらりと七星を窺った。

まるで疑うような視線に、七星は小さく首を竦めた。

そういえばルルスは魔法が使えるというのを聞いたことがある、ような気もする。転移魔法が使えるとかなんとか。

当然七星にはそんな能力はない。

「あ、あの……ラナイズは人違いをしているようですけど、僕は本当にルルスという人ではなくて……人違いなんです」

「ジレダの市でもそのようなことを」

「本当なんです！」

ラナイズはもちろん、どんな従者の前でも繰り返し訴えてきたことだ。

だけどラナイズがそれを認めない限り誰も七星をラナイズの弟として扱わざるをえないのだろう。

本当に困り切っているのだという気持ちが伝わるように、七星は声を引き絞った。

「だから、あの……本当は騎士団の練習に参加させてもらえるような身分でもないのかもしれないんですけど」

片膝をついたままのステラに視線を合わせるようにして七星がその前にしゃがみ込むと、ステラの視線が惑うように揺れた。

なんとなく、ステラは七星の言うことを半信半疑ながら信じてくれているような気がした。最初の剣道着の姿を見ているせいもあるかもしれない。

「僕はもともと剣道というのをやっていて、腕っぷしはそれなりだと思うんです。剣を持ったことはさすがにないけど……僕の国では、剣に似せた木の棒を振って練習していたんです」

「我々も個人の鍛錬では棍棒《こんぼう》を振るっております」

竹刀と棍棒では大きな隔たりがありそうだけれど、多少なりとも七星のしてきたこととこの世界でのことがリンクすると、それだけでも飛び上がるほど嬉しくなった。

何よりも、ステラが七星の言うことに怪訝《けげん》な顔を見せず——むしろ微笑みさえ浮かべて信じてくれたことが嬉しかった。

「じゃあ、僕もみなさんの邪魔にならないように隅のほうをお借りして棍棒を振っていてもいいですか？」

背後では七星のふるまいを諌《いさ》めたがっているような女官の気配を感じたけれど、あえて気付かないふりをした。

宮殿の周りを一緒に走り回るよりはマシだろう。

「それでは、ルルス様さえよろしければ私の棍棒をお貸ししましょう」

「ありがとうございます！」

七星が勢いよく頭を下げると、ステラがようやく腰を上げた。

思えば、七星がこんな奇妙なことになったのも剣道の練習中に熱中症のような眩暈に襲われて以来だ。

同じような状況を作れば、あるいは元の世界に戻れるかもしれない。

七星は淡い期待を抱きながら、広間へと案内するステラのあとを追った。


宮殿に赤い陽が差し始めた。

竹刀とは違ってずんぐりとした、うろのある木の棒に布を巻きつけただけの棍棒を握って、ステラにこの国での剣術の構えや振り下ろし方などを教わっているうちにあっという間に時間が過ぎた。

途中で挟んだ昼食の時間は、女官が止めるのも聞かないで騎士団の人たちと一緒に過ごした。

ステラ以外の騎士はなかなか七星と言葉を交わそうとはしなかったけれど――ルスだと思われているのだろうから仕方がない――ステラが騎士団の中でも慕われている人物だということはわかった。

大勢いる騎士の一人一人を気にかけて、七星に対する礼儀だけじゃなく仲間への礼節も忘れない人物といったように見える。

七星にはよくわからないけれど騎士道という言葉があるくらいなんだから、騎士になるには人となりも大切なんだろう。

剣道でも武士道精神というものがある。似たようなものかもしれない。

そうして見るとステラがなんとなく剣道部の主将に重なって見える。彼も礼節をわきまえた、だけど気さくな友達だった。

「騎士団の皆さんの中には亜人の方はいらっしゃらないんですね」

従者の中には、七星にはまだ見慣れない亜人の姿を見ることも珍しくない。

しかしこの大人数の中にはいないようだ。

突然酷使されて強張《こわば》った筋肉を伸ばしながら七星がステラに尋ねると、従騎士から飲み物を受け取ったステラがわずかに眉《まゆ》を顰《ひそ》めた。

「ええ。我がアルクトス騎士団は由緒の深い家柄の人間しか叙任を許されません」

「由緒……？」

亜人はそれにには該当しないということなのだろうか。

七星は内心首をひねったが、ステラの苦い表情があまり亜人のことを快く思っていないということを示しているような気がして、口を噤んだ。

「アルクトスは数年前に君主を変えました。もともと歴史あるウェイバーという小国家で、古来より人間しか暮らしていませんでした。亜人は本来、この地で生まれ育った血統ではないのです」

外国人のようなものだろうか。

七星はなんだか納得したような気持ちになって、ステラの言葉に小さく肯いた。

ジレダという町の市場にも亜人の姿はたくさん見かけたけれど、他の人たちと同じ生活をしているように見えた。宮殿内にもたくさんの亜人が働いているし。

しかし騎士団には入れない。そういうことなんだろう。

「ルルス様は亜人を見てどのようにお思いですか？」

日本でもそういうことはあるんだろうかと思い当たるケースを考えているとステラに尋ねられて、
七星は目を瞬かせた。

どう思うも何も、誰もそこにいるのが普通だというように見えていたから七星もそういうものなんだろうと思っていた。

「最初見た時は驚きました。僕を驚かせるために、仮装してるのかなって」

朝がくるたびにドッキリ大成功だの、夢から醒めていただのと期待するのにももう飽きてしまった。

今は、亜人の連合国家に行っているというラナイズからどんな種類の亜人がいるのかと尋ねたい気持ちでいっぱいだ。

「仮装？」

「あ、作り物なのかなって」

一度亜人の女官にうさぎのような耳を触らせてもらったことがあるからこそ言えるけれど、あれは確かに作り物ではなくて本物だった。

触らせてなんて変なこと言ってごめんなさいと詫《わ》びると、長い耳をピンと立てた女官は光栄なことでございますと笑っていたっけ。

——なんてことを思い出していたら、ステラが急に笑い声をあげた。

「作り物。さすがルルス様、粋なことを」

「え？」

なにか変なことを言っただろうかと口を覆うと、騎士団の面々の中にも何人かこちらを見て笑っている姿があった。

「ルルス様の仰《おっしゃ》る通り、あれらは人間ではありません。家畜や馬と同様、我々が暮らしていくうえで便利な、道具のようなものです」

「えっ、あの、僕そんなことは——……」

切れ長の双眸を細めて朗らかに笑うステラの表情には、侮蔑《ぶべつ》の色が見えない。

ただ純粋に、亜人は自分たちとは違うと思っているようだ。だけど七星はそんなふうに思ったことは一度もない。ただ今までは見たことがなかったから、人工的に作ったものなのかと思ってしまっただけだ。

「いえ、それでいいのです。アルクトスの皇子たるルルス様は、亜人を人と同じだなどと思ってはなりません。この地でいにしえから育《はぐく》まれた血脈を護ってゆくことこそが、貴方《あなた》様の使命なのですから」

そういうものなのだろうか。

七星はこの国のことも、歴史もわからないからみんな一緒だと思っているけれど、騎士団に入れないということはなにか区別があるのかもしれない。

よく知らないで、口出しをするのはなんだかみっともない。そもそも七星はルルスではないのだから、こんなところでムキになったって仕方がないことだし。

あまりいい気はしないけれど。

「あれ？　じゃあ、でも——今日ラナイズは亜人の国に行ったって」

「陛下には陛下のお考えがあるのでしょう」

七星の言葉を遮るようにステラは微笑んで、腰を上げた。

亜人を人間扱いしていなければ、連合国の建国調印式なんて立ち会うだろうか。

だけど、その質問はステラの昼食休憩を終了する号令に阻まれて口にすることは叶《かな》わなかった。

午後も騎士の手合わせを横目に見ながら夢中で棍棒を振るって、汗でぐっしょりと濡《ぬ》れた服を一度着替えに戻らなければならないほどだった。

残念ながらこの時間になるまで元の世界に戻れる気配さえ感じなかったけれど。

「ルルス様。そろそろ訓練を終えますが、最後に剣を握ってご覧になりますか？」

「えっ、いいんですか？」

久しぶりに素振りをしたためか、掌はじんじんと熱くなっている。だけど心地のいい痛みだ。まだ耐えられる。

それに、七星の身長の半分ほどの大きさの剣をずっと振っている騎士がずっと気になっていたところだ。

「ええ、きっと驚かれますよ」

意味ありげに笑うステラの様子は最初の頃よりずっと砕けている。

七星はそれにも浮足立った気持ちになって、近くにいた浅黒い肌の騎士に剣を借りることになった。

「さあ、どうぞ」

ステラから差し出された剣は先端に行くほど幅広になった、細長い菱型《ひしがた》のような形をした大剣だった。持ち手も太く、鍔《つば》には細かな細工が施されていた。

「お借りしま、――……っ!?　重……っ！」

片手であまりに軽々と差し出されたものだから、油断していた。

とても七星の腕では支えきれなくて剣先を石畳に打ち付けてしまい、背中に冷や汗が伝う。

しかし、騎士団の中からはどっと笑い声がわいて七星は呆然とした顔を上げた。

「皆さん、こんな重い剣をずっと振っていたんですか……？」

何度も休憩を挟んでいるとはいえ、五時間は経《た》っている。

七星でさえ今夜は筋肉痛を覚悟していたくらいだけれど、騎士はさらにこの後各々《おのおの》個人鍛錬をするという。

「彼の剣は騎士団の中ではさほど珍しくない程度のグラディウスです。中にはもっと重い大剣もありますよ」

堪《こら》えきれないといったように愉快そうな表情を浮かべたステラに、七星は口をぽかんと開けて見上げることしかできなかった。

両手を添えて腰を入れ、息を詰めてぐっと剣先を持ち上げるのが精一杯だ。

とても頭上に振りかざすことなどできそうもない。

誰もが軽々と打ち合わせていたから、こんなにも重いものだとは思わなかった。鉄の塊なのだから当然といえば当然だけれど。感嘆の息が漏れる。

「国を護るためにはこれを自分の手足として扱えるようにならなければなりません。そのために、我々は日々鍛錬を重ねているのです」

さっきまで笑っていた騎士団の全員が、ステラの言葉に真摯《しんし》に肯いている。

七星は運動不足解消のような軽い気持ちで訓練に混ざりたいなどと言った自分が恥ずかしく思えてきて剣の柄を握りしめた自分の両手に視線を伏せた。

「すみません、僕……軽い気持ちでお邪魔して」

「とんでもありません。ルルス様がこのように我々騎士団に親しみを感じていただけるだけで光栄なことでございます」

七星が本当に皇子なら自分の国を護る彼らのことを知るのは大切なことかもしれない。

だけど七星は違う。

言うなれば一般人の冷やかしにすぎないのに。

「あの、でも僕——……」

いたたまれない気持ちで顔を上げ、握りしめた剣を押し返そうとした、その時。

「ルルス！」

蹄の音が聞こえたかと思うと、騎士を掻《か》き分けてラナイズの声が響いた。

ラナイズが帰ってきたのか。

相変わらず、ラナイズの姿を見るなり人が波のように一斉に頭を垂れる。確かにラナイズには膝をつきたくなるだけの迫力がある。覇気というのかもしれない。七星と二人でいる時はそんなことはないのに。

「ラナイズ、お帰りなさい」

早く帰ってくるとは言っていたけれど、そんなに急ぐことはない。

それに一緒に出かけたはずの従者の馬は宮殿の入口、遥《はる》か後方を走っている。

「何をしている」

ラナイズの地を這うような低い声に、ステラが身を硬くして深く頭を下げ直した。

「ラナイズ？　あの……騎士団の訓練にお邪魔させてもらって――」

「誰が許可した！」

びりっと空気が裂けるような、怒号だった。

馬から降りたラナイズはブーツの底を石畳に打ち付けるように大股で歩み寄ってくると、呼吸も忘れて硬直した七星の手から大剣を毟《むし》り取った。

「誰がルルスに剣を握らせていいと言ったんだ」

さっきまであんなに活気に満ち溢《あふ》れていた広間が静寂に包まれる。噴水の水音だけが響いた。

こんなラナイズの姿を見たのは初めてだ。

プラチナブロンドの髪が夕陽に染まって、まるで燃えるように見える。青い瞳は険しい光を帯び、平伏した騎士団を突き刺すように見下ろしている。

何が起こったのかにわかに理解できなくて、七星は言葉を失ってラナイズの憤怒《ふんぬ》の表情を見つめていた。

体を伝う汗が冷たいものに変わる。

「陛下。恐れながら、私がルルス様をお誘い申し上げました」

片方だけ立てた膝に額を押し付けるように顔を伏せたステラが、硬い声で言った。語尾が震えているように聞こえる。

無理もない。それほど今のラナイズは普通じゃない。

「よく言った」

ふと、ラナイズの声が和らいだ。

七星はほっと肩の力を抜いたけれど、次の瞬間ラナイズが手に持っていた大剣を頭上に振りかざしたのを見て息を呑んだ。

「お前の首をもって償わせてやろう」

「ラナイズ！」

とっさに、駆け出していた。

今にして思えば振り下ろされる剣で自分が斬《き》られていたかもしれない。しかしその時は必死で、ラナイズに体当りするように飛びついていた。

「違うんです！　僕が無理を言って参加させて欲しいと」

「お前の話は聞いていない」

「聞いてください！」

ステラはただ、七星の願いを聞き届けてくれただけだ。

あるいはステラも七星をルルスだと思っていたら頑《かたく》なに拒んだかもしれないけれど、七星の言うことを少しでも信じてくれたからこそ首肯してくれた。

そのステラの首を刎《は》ねるなんて、とんでもない。考えただけでぞっとする。

「邪魔だ」

剣を構えたもう一方の腕で抱きついた七星を剥ぎ取ろうとするラナイズに、恐怖を覚えながらも必死に首を振る。

「ステラさんは何も悪くありません！　怒るなら、僕にしてください！」

「ルルス、退《ど》け。怪我をするぞ」

ラナイズの大きな掌が、七星の肩にぐっと食い込む。痛みに顔を顰めながら、七星は精一杯の力をこめてラナイズにしがみついた。

「ど、き……ません！　剣を下ろしてください！」

歯を食いしばって、ラナイズを少しでもステラから遠ざけようとする。

もちろんこんなところでわけもわからないまま殺されてもいいなんて思ってない。だけど、自分のせいでステラが罰せられるようなことがあったらと思うと耐えられない。

「お前が慣れない剣などを持って怪我をするかも知れなかったんだぞ。俺はお前のために、」

「そんなの僕のためじゃないです！」

せめて気圧《けお》されないようにと割れた声を張り上げると、ぴくりと七星の肩を摑んだラナイズの手が震えた。

荒く弾んでいたラナイズの呼吸が、次第に落ち着いてくる。

やがて硬い音がしたかと思うと、ラナイズの握った剣の先が石畳に降りたのが見えた。

どっと、汗が噴き出してきた。

「僕は、怪我なんてしてません。……そりゃ剣なんて触ったことがないから危ないことだったと思うけど、ステラさんは僕が剣を握ったことがないのを知っていて、ずっと棍棒を貸してくれていました。だから、怪我なんてしません」

「しかし他の人間に傷をつけられたらどうする」

「付けられていません。あなたの騎士団は優秀で、剣を自分の手足のように扱います。誤っても僕に剣が向くことはありませんでした」

しがみついたまま見上げたラナイズの表情は相変わらず険しいままだったけれど、その碧眼《へきがん》に戸惑いがよぎったように見えた。

「この国のために鍛錬をしている騎士団の皆さんに、一日、子守のようなことをさせてしまって謝らなければいけないのは僕のほうです。あなたの国を護るためにお勤めをしている皆さんの邪魔をしました。怒るなら、僕にしてください」

深い湖のような色をした目を見つめて、訴える。

ステラをはじめとした周囲の騎士が固唾《かたず》を呑んでいるのを感じる。

こんな緊張した思いをさせてしまうことさえ申し訳ない。七星が無理やり参加させてもらっただけなのに。

「お前を叱《しか》ることなどできるか」

「ステラさんを罰することもやめてください」

露骨にラナイズの眉が顰められた。

だけど怯《ひる》むわけにはいかない。

七星が悪いのにステラの身分に傷がついたり騎士団の中で不利な思いをしたら困る。

「……わかった」

喉の奥から唸《うな》るような声がしたと思うと、ラナイズが大きくため息を吐いた。あるいは百人の騎士団の安堵の息だったかもしれない。

「ステラさんに剣を向けたこと、謝ってください」

「それは断る」

「どうして！」

「お前を危険な目に遭わせたことに変わりはない」

ふんと鼻を鳴らしてそっぽを向いたラナイズの様子は既にいつも通りで、どことなく拗《す》ねているようにさえ見える。

七星はむっと口を尖らせて、抱きついたラナイズの腰にぎゅっと力をこめた。

「こんなことで怒られるくらいじゃ、僕は宮殿の中で閉じ込められて何してろって言うんですか。誰とも関わるなとでも？」

「関わらなければいい。お前には俺だけいればいいんだ」

「おかしいでしょ！」

騎士団の前で何を言ってるんだと驚いて声を張った七星に、ラナイズはしれとしている。

ステラはまだ頭を下げたままでいるけれど、とりあえずもう心配はなさそうだ。

「お前は書斎で魔導書でも読んでいろ。いつもそうしていただろう」

「そんなの、僕に読めるわけないじゃないですか」

魔導書なんて、生まれてこの方一度もお目にかかったことすらないのだから。

当然だというように七星が言い返すと、ラナイズはわずかに目を見開いて顎先を震わせた。

「――……魔導書の読み方も忘れてしまったのか、」

微《かす》かに、心の声が漏れ出たというようなつぶやきだった。

忘れたも何も自分はルルスじゃないのだから、といつもだったら言うところだっただろう。

だけど喪失感を隠そうともしないラナイズの愕然とした表情を見るととてもそうとは言い出せなかった。

肩を摑んだラナイズの手が滑り落ちて、汗で濡れた七星の腕を撫でる。今日一日棍棒を振り続けた七星の腕の筋肉を確かめるように。

「あのか細かった腕が、剣を握るなんてな。……お前は、この三年間を一体どこで、どんなふうに過ごしてきたんだ？」

その声も、七星に向けられたものには聞こえなかった。

まるで、ここにはいないルルスに向けられたつぶやきだった。


ラナイズがようやく暇を見つけて、自室で約束の世界地図を広げてくれたのは三日後のことだった。

食事の後、湯浴みの前に声をかけられた時は約束がこんなに早く果たされると思わなくて「本当に？」と聞き返してしまった。おかげで、いつも違う色の花びらが浮かべられているお湯にゆっくり浸《つ》かってもいられなかった。

白いワンピースのような寝間着姿でラナイズの部屋に駆けつけると、ラナイズもおちおち湯浴みをしていられなかったと笑った。

ラナイズの部屋は真紅の絨毯《じゅうたん》が敷かれていて、ちょっとした広間ほどの広さがあった。奥にはベッドなのだろう天蓋が吊《つ》るされていて、他には実用的とは思えないほどの小さなチェストと、羽のついたペンが立てられた小机、それから大きく重厚な木製の机があった。

七星が寝転がることもできるほどの大きさの机の上には、すでに世界地図が用意されていた。

ラナイズが治める——そして七星が今いる、アルクトス公国。それからラナイズがこの間訪ねたという亜人の連合国。

七星と同じ花のにおいをさせたラナイズが次々に地図を指していく。

「——そしてここが、父のスタヴロス大公国だ」

大きな世界地図の一点を指したラナイズは、どこか誇らしげだ。

それもそうだろう。ラナイズの父親が統治しているというスタヴロス大公国は、隣にあるアルクトス公国の三倍ほどの大きさだ。

「すっご……！」

山もあるし、海にも面している。

父子の縁もあるためアルクトスはスタヴロスで収穫できる野菜や果物、海の幸などを多く輸入しているらしい。

七星が美味しいと気に入っているものはだいたい、スタヴロス産のものだ。

地図を見ただけではわからないけれど、きっと豊かな国なんだろう。

「今度、スタヴロスへ行ってみるか」

「いいんですか？」

地図に齧りつくように見入っていた七星が勢いよく顔を上げると、ラナイズは思わずといったように顔をくしゃくしゃにして笑った。

自分がまるで子供のようにはしゃいだ声をあげてしまったことにはっとして七星が口を塞ぐと、頭を撫でられる。

「ああ、もちろん。スタヴロスは食事も美味いし景色も美しい。何より俺やお前が生まれ育った城がある。ルルスが帰ってきたことを父に報告もしていないしな。近いうちに顔を見せに行くとしよう」

ラナイズの生まれ育ったという城の場所を地図で探しながら、ふと七星は浮かれた気持ちが萎《しぼ》んでいくのを感じた。

まさかラナイズの父親にまで自分がルルスだと紹介されてしまうわけにはいかない。

スタヴロスに行ってみたい気持ちは本当だけれど、一体どんな顔をしていけばいいんだろう。

ラナイズに連れて行ってもらいながら城には行けないなんて言えるはずもないし。

「どうした？」

地図に視線を伏せたままぎゅっと拳《こぶし》を握った七星の様子に気付いたラナイズが、顔を覗きこんでくる。

「あ……ええと、その」

思わず目を逸らして、言い淀《よど》む。

いくらとんでもなく広いとはいえずっと宮殿の中にいるのも耐え難いし、外の様子を見てみたい気持ちはある。だけどスタヴロスにルルスとして行けば、取り返しがつかなくなるような気がする。

しかし七星がルルスに似ていたおかげでラナイズが盛大な誤解をすることもなければ、七星はいまだにジレダの町で途方に暮れていた可能性がある。

「と、……ところで！　アルクトスの国としての収入は何が支えてるんですか？　食べ物は、輸入が多いですよね」

無理やり話題を変えた七星に目を瞬かせたラナイズが、困ったように笑ってみせてから胸のブローチを外した。

「……？」

地図の上に置かれたブローチはいぶし銀の台座に、琥珀色《こはくいろ》の石が嵌《はま》っている。

琥珀色の石の中にはキラキラと虹色《にじいろ》に乱反射する欠片《かけら》のようなものが混じっていて、吸い込まれるように綺麗だ。

「これが、アルクトスで掘り出される鉱石だ」

「宝石？」

「鉱石だ。星屑石《ほしくずせき》という」

そう言われてもう一度ブローチを見てみたけれど、七星にはやっぱり宝石に見える。

中の欠片のおかげで光の当たる角度が変わると様々な顔を見せる琥珀色の石は、何時間見ていても飽きなさそうだ。まるで宇宙が閉じ込められているみたいに見える。

台座になっているいぶし銀も細やかな装飾が施されていて、七星は手にとってそれを天井の照明に透かしてみた。

「星屑石は魔力の伝導に優れていてな。杖に仕込んだり、こうしてブローチとして身につけていると力が増幅する」

「ラナイズも魔法が使えるんですか？」

知らず、身を乗り出していた。

この世界に来てから亜人を見たり知らない国の話を聞いたりと驚くことばかりだけれど、まだ魔法は話でしか聞いたことがない。

見たい。

無意識にラナイズへ押し迫った七星は全身に好奇心を溢れさせて、その端正な顔を見つめた。

「使えることは使える、が……俺はお前ほどじゃない」

七星の勢いに気圧されるように顎を引いたラナイズが、目を眇《すが》めて苦笑する。

なんでもそつなくこなしてしまいそうなのに、意外だ。あるいはそれほどルルスは魔力が優れていたということなのかもしれない。

だけど、問題ない。七星は魔法なんて見るのも初めてだ。

「簡単な術式しか使えない」

「見たいです！」

ラナイズの語尾を浚《さら》うようにしてさらに身を乗り出すと、ラナイズはますます困ったような、照れくさそうな顔をして視線をさまよわせた。

他の人の前では、迷うことはおろか譲歩するような姿も見せないのに。七星の知っているラナイズはそれとはぜんぜん違う。

渋るラナイズに七星がさらに距離を詰めるとやがて観念したようなため息が吐き出された。

「俺が使えるのは攻撃に特化した魔法のみだ。危ないから、離れていろ」

目を爛々《らんらん》と輝かせた七星の肩をぐっと押し離しながらラナイズが一歩退《ひ》く。

ラナイズの部屋は私室とは思えないほど広くて、壁際まで行けと言われるとラナイズがだいぶ遠くなった。

だけど些細《ささい》な変化も見逃さないように、七星は瞼《まぶた》を伏せたラナイズに目を凝らす。こんなに胸をときめかせるのは、子供の頃に連れて行ってもらったヒーローショー以来かもしれない。

「……我が肉、我が血、我が骨に命じる――ムンドの奇跡の力を、この手に」

ラナイズが腰に着けていたサーベルを握って小さく唱え始める。と、耳鳴りの音のようなものが聞こえてきて、七星は思わず耳を塞いだ。

キンと響いた金属音のような音が収束していくのは、間違いなくラナイズの手にしているサーベルの刀身だ。

七星はドキドキと胸がはやるのを覚えながらサーベルを食い入るように見た。

呪文《じゅもん》のようなものを唱えているラナイズの冴《さ》えた表情も見惚れるほど美しい。

「轟《とどろ》け雷鳴、放て剣撃、――トニトルス・グラディア」

ラナイズは終始、低く抑えた静かな声音だった。

その代わりに耳鳴りのような音がどんどん大きくなって――ラナイズが言葉を言い切ると、サーベル自体がまさに稲妻のようにバチッと光を唸らせて、弾けた。

「――――!!」

眩《まぶ》しくて、直視していられない。

手にしたサーベルからの光を浴びたラナイズの姿も神々しいほどで、七星は全身が粟立つのを感じた。

「と、まあ……こんなところだ。実践であればもう少し、大きな術式も使うが」

「すごい……！」

大きく深呼吸するなりまた元通りのサーベルに戻っていくのを見て、七星は感動でラナイズに向かって駆け出した。

ラナイズは絶対に否定するだろうけれど、七星にしてみたら魔法使いに会ったようなものだ。あるいは少年漫画の主人公だ。

すごい、すごいと繰り返してラナイズが持つサーベルに種も仕掛けもないことを確認すると、今更ながら腰が抜けそうになる。

「これくらい、お前にもできるさ」

「いやできないです！」

小学生に上がるくらいまでは近所の友達とヒーローの真似をして変身と叫んでみたりアニメの真似

をして技の名前を叫んでみたりもした。

もしその時に本当に変身できたり技が発動してたりしたら大変なことになっていただろう。七星が知るかぎり、元いた世界でこんなことが本当にできる人は見たことがない。七星だって例外じゃない。

「できるよ」

七星が興味深そうに見ていたサーベルを危ないからと鞘《さや》にしまったラナイズが、何のおためごかしでもなく当然のことのように言う。

「こんなのできないですって。僕は普通の――」

「お前ならできる」

尊敬の眼差《まなざ》しでラナイズを仰ぐと、思いもよらず深い眼差しで瞳を覗きこまれて、七星ははっとした。

ともすれば不思議な力に引き寄せられてしまいそうな優しい目の色だ。

――僕はルルスじゃない。

だから、魔法は使えない。

いつものようにそう言ってしまえば、ラナイズもまた困ったように笑って「そうか」と収めてくれるだろう。

だけどその表情はいつも悲しげに見えて、七星は胸が痛んだ。

「俺と一緒に術式を唱えてみろ」

ラナイズが七星の手をとって、もう一方の掌に乗せる。そこにはさっきのブローチがあった。

琥珀色の鉱石がついたブローチを互いの掌で包むように挟むと、ラナイズが形のいい薔薇色《ばらいろ》の唇を寄せてきた。

「我が肉、我が血、我が骨に命じる」

耳元で囁かれると、声そのものがまるで甘やかな香りを帯びているように感じて七星は首を竦めた。

「我が……肉、我が血、……我が骨？　に、命じる……」

合わせた掌が汗ばんでしまうようで恥ずかしくて、手を引こうとするとラナイズにぎゅっと強く握りしめられた。

「ムンドの奇跡の力を、この手に」

「ムンド？」

「神の名だ。我々に奇跡をもたらす」

宮殿内にひときわ大きな礼拝堂があることは知っていたけれど、神様の名前までは知らなかった。

宮殿内を探検する七星についていた女官たちにとっては神の名を知らない人間がいるとは思わなかったのかもしれない。

「ムンドの奇跡の力を、我が手に」

礼拝堂でちらりと見た神様の姿を、脳裏に思い浮かべる。

男性だか女性だかわからない、静かな佇まいの神様だった。

「照らせ灯火《ともしび》、光れ天空」

「照らせ、灯火……光れ天空」

知らず瞼を閉じた七星は、ラナイズと重ねた手に意識を集中させて言われるままの言葉を唱えた。

ラナイズに寄せられた唇に緊張する気持ちは遠退《とおの》きつつあったけれど、やっぱり何も起こらなかったらどうしようという不安はあった。

魔法なんて使えるはずがない。

だけど、何も起こらなければラナイズを失望させてしまう気がする。

そもそもラナイズが勝手に人違いをしているんだからこんなことで納得してもらえるなら構わないはずなのに。

こんなに大切にしている弟がやっぱり人違いだったということを知ったら、ラナイズはきっと悲しむだろう。今まで何度も見てきた愕然としたラナイズの顔をまた見るのが嫌で、七星は祈るような気持ちで重ねた手を握り返した。

「ノクティス・ルシス・カエルム」

縋《すが》るようにラナイズの手を握った七星に、ラナイズが最後の呪文を唱えながら額を擦り寄せた。吐息を感じるくらいに寄せられた肌に、今は意識が向かない。

丹田に力をこめて、覚悟を決める。

「ノクティス、……ルシス・カエルム」

震える唇で、七星はしっかりと唱えた。

何が起こるか——あるいは起こらないかも知らない。どんな魔法を唱えさせられたかもわからない

けれど、七星は言い終えるなり瞼を開いてラナイズの顔を仰いだ。

ラナイズは、七星を見てはいなかった。

「……！」

互いの顔の間、狭い空間に今までにはなかったはずの丸い物体が浮いている。

ラナイズも見つめたそれを七星も首を伸ばして覗きこむと、ほんのり光っているようだ。近付くと鼻先が温かくなる。

大きさは親指の爪ほどで、まりものようにふわふわと輪郭がない。

なんだこれ、と七星がつぶやきそうになったその時、それはぱっと消えてしまった。

「ラナイズ、今の――」

「ほら、できただろう？」

え？　と七星が目を瞬かせている間に、ラナイズの両手が腰に回って急に体を抱き上げられた。

「っ！」

あまりに軽々と抱き上げられて、制止の声をあげる間もない。

目を瞠った七星の体を抱き上げたままラナイズは部屋の中央でまるでダンスでもするようにくるくると回りだした。

「やはり、お前は天才だ」

呪文を唱えている間中ずっと七星が心の中で恐れていたラナイズの空虚な表情とは正反対に、間近で見下ろしたラナイズの表情は今までに見たこともないくらい開放的で、手放しで喜んでいる。

広間や騎士団の前ではあんなに厳しい表情しかしないのに、七星の前では無防備に大きく口を開いて、今にも歌い出しそうですらある。

「ちょ……っあの、ちが、今のはラナイズが……！」

「俺に光魔法など使えない。今のはお前の力だ」

体を宙に抱き上げられて足をぶらつかせた不安定な体勢で、七星はラナイズの肩にしっかと掴まった。

今日も政務を終えてきたというラナイズの部屋着の中に、はっきりと筋肉の手応《てごた》えを感じる。七星のものとは比べ物にならないくらい大人の、しかも実戦経験で鍛えられてきたのだろう逞《たくま》しさがある。

「で、でもあれくらい——僕にできたんだから、たぶん誰だって」

密着した体からラナイズの体温が伝わってきて、七星は自分の頬に血がのぼっていくのを自覚した。降ろして欲しくて足をばたつかせても、ラナイズは笑うばかりで少しも離してくれそうにない。

「馬鹿を言うな、魔法は選ばれた者にしか使えない」

「え、そうなんですか？」

だとしたらやはり、今のはきっとラナイズの力だ。

七星が選ばれたものだなんてとても思えない。ただのどこにでもいる、運動も勉強も平均値でしかない高校生なのに。

「本当だ。俺が生まれた頃はまだ世界に魔法が現れて間もなく、魔力をもった術師はみな一つの国に集って過ごしていた」

抱き上げた七星の頬にちゅっと一つ口付けて――これはもう癖のようなものかもしれない――ようやく床に降ろしてくれると、ラナイズは再び世界地図に戻った。その背中を追って、隣から地図を覗きこむ。

「当時は戦が絶えなくてな。帝国のために戦った父はそのおかげで国王から認められ、こうして領土を持てるほどになったが――魔法が戦に与える影響は、凄《すさ》まじいものだったと聞いてる」

ラナイズの指先が、世界地図の中でもひときわ大きな面積を有する帝国からラナイズの父が治めるスタヴロス、そしてアルクトスをなぞっていく。

「たった数人の魔導師によって何千という騎士団が全滅するということもあったようだ。当然どの国も、彼らを引き入れるために必死だ。魔導師さえ思うままにできれば勝利が運命づけられているのだから」

低く抑えられたラナイズの声に、七星はごくりと喉を鳴らした。

日本で生まれ育った七星に戦争は縁遠い言葉だったけれど、ラナイズやラナイズの父が実際に戦地で戦っていたのだと思うと否応《いやおう》なしに緊張する。

やがてラナイズの指が、遥か北にある小さな島国を指した。

「事態に辟易《へきえき》し、自分たちを殺戮の道具のように貶《おとし》められたと感じた魔導師たちはやがて建国して戦に中立の立場であることを表明した」

ラナイズの指差した島が、魔導師たちの国ということなのだろう。

七星はほうと息を吐いて、ラナイズの顔を仰いだ。

「魔導師たちは自分たちの国を拠点として、人々に役立つための奇跡を施すために世界を旅した。戦の絶えない地域に赴き、敵味方を問わず傷を癒《い》やし、明かりの消えた町に明かりを灯《とも》し、不毛の土地を豊かにした」

まるでおとぎ話のような話に七星がしきりに肯いて話の先をねだると、ラナイズがふと表情を緩めて七星の髪を撫でた。

戦いのさなかにあっては人を斬ることも躊躇《ためら》わないのだろう――それはステラに対して激怒した時に嫌というほどわかってしまった――ラナイズの掌が、優しく七星に触れる。

なんだか、胸がこそばゆいような感じがした。

「そうして旅をする中で他の国の民と恋に落ち、子をなす者も少なくはなかった。やがて各地で魔導師の血を引く子供たちが生まれ、彼らは大なり小なり魔力を持つようになった。――とはいえ魔力を持っていても使いこなせない者や、元々親から受け継いだものが少ない子供もいる」

ラナイズの長い指に髪を梳かれながら、七星は引っかかるものを感じて目を瞬かせた。

だとすると、ラナイズやルルスの両親のどちらかが魔導師ということだろうか。父親は帝国の騎士だったと言っていたから、母親がそうだったということだろうか。

しかしそれを口に出して尋ねる前にまたラナイズに抱き上げられそうになって、七星は慌てて机にしがみついた。

「その中でも、お前は特別だ」

「ちょ……っ、もう！　子供じゃないんですから抱っこはやめてください！」

また抱き上げられてたまるものかと喚《わめ》くように言うと、ラナイズは声をあげて笑って、諦《あきら》めてくれた。

「以前は大きな魔力を扱うとすぐに倒れていたものだが、こうして大きくなったのだからまた魔導の勉強を始めなくてはな」

たしかに七星は倒れるようなことにはならないかもしれない。子供の頃から、高熱があっても外で遊ぼうと暴れるような子だったから。ルルスとはえらい違いだ。

だけどいくら魔導を勉強したって、使えるようにはならないだろう。

七星は決して、選ばれた人間なんかじゃない。両親とも、ただの会社員だ。

「お、皇子が魔法を使えるのはいいんですか？　魔法を使えるようになったら魔導師の国に行かなくてはいけないんじゃないの？」

戦に魔導を使わない、中立を貫くという精神ならば必然的にそうなる。

でなければ、魔導師欲しさに魔力を持った女を妊娠させようという男が絶えないことになりそうだ。

あまり想像したくないことだけれど。

「もう戦の世ではないからな」

ラナイズの答えはあっさりしたものだった。

「帝国は多くの領土を手にし、各国とも調印を結んだ。みなが分かり合えたわけではないかもしれないが、民がどんなに血を流しても恨みは増していくだけだ。消え去ることはない。互いがそれぞれに苦しんだ。痛み分けということにしよう――というわけだ」

七星に向けられた柔らかな表情の中にも、ラナイズも一国の君主としての凜々《りり》しい面影が浮かんだ。きっとラナイズだって、戦いを知っていればこそ仲間を亡くしたり、民を失ったり、苦しい思いをしてきたんだろうと想像するのには十分な重みがあった。

「そっか……。僕はジレダの町しか知りませんけど、みんな幸せそうでしたもんね」

アルクトスも以前はウェイバーという別の国だったけれど、それを今はラナイズがアルクトス公国として統治している、とステラが言っていた。

そこには戦いがあったのかもしれないけれどそれを乗り越えて、ジレダの町の人はラナイズの騎士団を歓迎していたし尊敬の眼差しで見ていた。

今の生活が安定しているからだろう。誰だって、何のためであれ戦いが続くのは嫌だ。

「そうだな。民が幸せであることが俺の望みだ。アルクトスはどんな者も穏やかに笑っていられる、そんな国でありたい」

頬にかかる七星の髪を撫で上げ、耳にかけて弄《もてあそ》びながらラナイズが双眸を細める。

その夢を見ているかのような目に見つめられているのが恥ずかしくなって、七星は思わず顔を伏せた。

「なんだ？　顔を逸らすな。お前の可愛い顔をもっとよく見せろ」

「い、嫌です！　そんなこと言われてハイどうぞって振り向けないでしょ！」

そんなことを言われてラナイズを見つめ返せばまるで自分が可愛いなんて言われるのを認めているみたいだ。

男が可愛いと言われて喜んだりしない。親にだってそんな手放しで可愛いなどと言われたことはないのに。たまに先輩やクラスメイトの女子からからかわれるくらいだ。

「はは、寂しいことを言うなよ。お前がやっと国政に興味を持ってくれて俺はこんなに喜んでいるというのに」

「こ、国政?!」

そんなだいそれたことに関心を持ったつもりはない。

否定しようにも、顔を逸らした七星にラナイズの両腕が巻き付いてきてぎゅっと抱きしめられると、呼吸が詰まるほど心臓が跳ね上がった。

たしかに今日のラナイズは上機嫌で、さっきからスキンシップがいつも以上に激しい。

世界を知りたがることや、七星が魔法を少しだけ使えたのがそんなにも嬉しいんだろうか。

「民の生活を案じ、世界に興味をもつことは国政を気にかけることと同じだ。何しろお前ときたら自分の思うように魔力を扱える能力があるというのに、魔導師の歴史さえ知りたがらなかったじゃないか」

「いや、それは……」

七星にとって魔法が珍しかったからだ。

七星だって生まれた時から見てきたもの――例えばテレビの歴史について詳しく知りたいなんて思ったことはない。ルルスにとっては歩いたり話したりするのと同じように魔力があって、どのようにして自分が授かったかなんてどうでもよかったんだろう。

「父上にもしものことがあってご逝去されたら、俺はスタヴロスを継ぐ。そうなった時は、お前にアルクトスを任せたい」

ぬいぐるみでも抱きしめるようにひとしきり七星を抱いた後で、ラナイズはふと穏やかな表情で七星の顔を覗きこんだ。

「二国で連合国家を作りたい」

夢を語るラナイズの青い瞳に見つめられて、七星は呼吸を忘れた。

ラナイズの目には七星の顔が映っている。だけど、見つめているのは七星じゃない。ルルスだ。

七星は人違いだと言いかけて開いた口を、何も言えないままもう一度噤んだ。

――僕が本当にラナイズの弟だったら良かったのに。

声を出したら思わずそう口走ってしまうような気がした。

だけどたぶんそれも、本心とは少し違う気がする。

胸が疼《うず》くような気持ちに襲われて七星がうつむくと、頭上でラナイズが息を吐くように小さく笑った。

「……すまない、ちょっと性急すぎたな。お前が世界に興味を持ってくれたのが嬉しくて、つい浮かれてしまったようだ」

気にするなとばかりに七星の頭を乱暴に撫でて、ラナイズの体が離れていく。

ラナイズにまた物悲しい表情を浮かべさせてしまったような気がして慌てて七星がその服に手を伸ばしかけた時――その手を、握られた。

「っ、」

まるで七星の動きを読まれていたかのようなタイミングに目を瞬かせてラナイズを仰ぐ。

ラナイズは少しも寂しそうな顔などしていなくて、微笑んで七星を見下ろしていた。

「さあ、今日はもう遅い。俺の部屋で休んでいくといい」

「え？　いや、僕は自分の部屋に」

夕食後にラナイズの部屋を訪ねてきたばかりだと思っていたけれど、夢中で話を聞いているうちにずいぶん夜も暮れてしまったらしい。窓の外には星が瞬いている。

とはいえ、七星に与えられた部屋は宮殿の中だ。

いくら広いといっても廊下ですれ違うのは臣下や女官ばかりで、危ないことなど何もない。何も夜道を帰るわけじゃないのだから。

「お前を部屋まで送るのは面倒《めんどう》だ。別にいいだろう、同衾《どうきん》くらい。窮屈な思いはさせない」

握った七星の手を引いて、ラナイズは自室の窓際に鎮座しているひときわ大きな天蓋つきベッドへと向かおうとする。

確かにラナイズのベッドは普段七星が使わせてもらっているものよりさらに二回りほど大きいようだ。もしかしたら日本にある七星の自分の部屋くらいの広さがあるかもしれない。

「いや、送ってもらわなくても大丈夫ですから！　宮殿の中だし、迷子にもならないし一人で戻れます」

引かれた手をやんわり解こうとして手を重ねても、ラナイズは離そうとしない。

それどころかわざとらしく大きな欠伸《あくび》を漏らしてベッドへ急ごうとする。

「俺は政務で疲れてるんだ、早く休ませてくれ」

ほら、と促すように繋いだ手を揺らされて、七星はぐっと喉を詰まらせた。

仕事で疲れているところに七星のための時間をわざわざ作ってくれたのはたしかだ。

だからといって一緒のベッドで寝る理由にはならないし、むしろ疲れているからこそ一人で気兼ねなく寝るべきだと思う。

とはいえ、べつに一緒に寝ることがどうしても耐え難いというわけでもない。こんなの修学旅行や合宿で雑魚寝するのと同じだ。もちろん、修学旅行や合宿はそうなるべき理由が明確にあるわけだけれど。

「ほら、ルルス」

手を引かれながらもその場でぐっと踏ん張っている七星を、ラナイズは強引に引っぱろうとはしない。

ただ何も言い返さずにいる七星を面白そうに振り返っている。

「……僕はルルスじゃありませんてば」

「そうだったな。じゃあ、……ナナセ。早くこっちへ来い」

「！」

ラナイズがまだ自分の名前を覚えているとは思わなかった。

最初の頃こそしきりに自分の名前を繰り返していたけど、結局ラナイズはずっと七星のことをルルスと呼んでいたから。

それを、こういう時だけ七星と呼んでくれるなんて、なんだかずるい気がする。

ラナイズが、繋いだ手を少しだけ引いた。七星が振りほどこうとすれば拒むことはできたかもしれない。だけど、拒む理由もなかった。

「今日だけですよ」

渋々というていで七星が付き従うと、ラナイズが足取りも軽くベッドへと向かっていく。とても疲れている人の歩調じゃない。

「うーん、それは承服できないな」

「そんなことを言うと、もうラナイズの部屋を訪ねませんからね」

「ああ、そういえば亜人の国の話をするのを忘れていたな」

ううっと七星は小さく呻《うめ》いた。

亜人の国の話は確かに聞きたい。この世界に一体どれだけの亜人がいて、亜人にも魔導師のような歴史があるのかと思うと知りたくてたまらない。

「ほ、本を読みます！」

天蓋をたくし上げ、深く沈むベッドに乗り上げたラナイズの後に続く。

ラナイズのベッドはふわりと花のような香りが焚《た》き染められていた。

「本か、それはいいな。俺の部屋には魔導書もあるぞ」

「この部屋じゃなくて、書斎にお邪魔して――……っ！」

言うそばから横になったラナイズに抱き寄せられて、七星は竦み上がった。

ラナイズはどうしてこう、スキンシップが過剰なんだ。

されるがまま抱き寄せられている七星自身もどうかと思うけれど、過敏に反応するほうがおかしいのじゃないかと思えるくらい、ラナイズのスキンシップはいつものことだ。

「今のお前に書斎の魔導書はまだ難しいんだろう？　俺が持っている魔導書は、子供が読むような初歩的な書だ」

どうだ読みたくなるだろうとでも言わんばかりにラナイズが笑みを浮かべて、胸の中に抱き寄せた七星の顔を窺う。

読みたいと言ってしまえば、ラナイズの思うつぼだ。

「どうしてそんな本が、ラナイズの部屋にあるんですか？」

せめてもの抵抗で七星が尋ねると、頭上の大きな枕を手繰り寄せながらラナイズが体勢を整える。すっかり、七星を抱き枕のように腕の中に捕らえたまま眠るつもりのようだ。

「俺はお前のように魔力に恵まれていないからな」

「そんなこと……」

あんなにすごい魔法を見せてもらったのに。

今でも瞼を閉じたら、稲妻をまとったようなサーベルの強い光が焼き付いているように感じる。あんなもので斬りつけられたら、いくら鎧《よろい》を着けていてもひとたまりもないだろう。

「本当のことだ。しかし周囲にそう悟られたくなくて、自室でこっそりと勉強したんだ」

そう言って笑い声を漏らしたラナイズの表情はあどけなくて、もっと幼い頃のラナイズが従者に虚勢を張るために必死に魔法の練習をしていた様子を七星に想像させた。

ラナイズは堂々としていて、七星に対してだって優しいけれど強引で、なんでもできるような気がしていた。

だけど、人に隠れて努力を積んできたのだろう。

七星は胸の中がくすぐったくなって、目の前のラナイズの胸に額を伏せた。

「……その本、今度見せてください」

「もちろんだ」

もしラナイズの言う通り、さっき浮かんだまりもののような光の球が七星の出したものなら、勉強したらもう少しは上達するのだろうか。

もしもっと大きな魔法を使えるようになったら、ラナイズはさっきよりも喜ぶんだろうか。

まだ魔法が使えるようになると決まったわけでもないのに七星の唇まで緩んできて、それを隠そうとしてラナイズの胸に顔を押し付ける。

ラナイズが嬉しそうに笑い声をこぼして、七星の頭に掌を回す。もう一方、背に回された掌はまるで子供を寝かしつけるかのように静かなリズムを刻んでいた。

「おやすみ、お前に良い夢が訪れますように」

囁くような甘い声が降ってきたかと思うと、こめかみに、頬にラナイズの唇が吸い付いてくる。

「っ……！」

反射的に身を離すと、ラナイズが驚いて目を瞠った。

驚くほうがどうかしてる。

「どうした？」

「どうした、じゃなくて……！　その、あんまり、そういうことを」

兄弟だと思われているとはいえ大きくなった男が二人、一つのベッドで密着して眠ること自体おかしいというのにキスまでされたら、――なんか、変だ。

きょとんとした顔をしたラナイズにはさっぱり理解できていないようだけれど。

「嫌か？」

ここのところキスをされても不服の声をあげていなかったせいもあるのかもしれない。

ラナイズが欧米人と大差ない――外国人モデルだってこんなに美しい人を見たことはないけれど――容姿をしているから、親愛の情なんだろう、文化の違いだと思うようにしてきた。

でも、ちょっと、違うような気がする。

「い、嫌とかじゃなくて……！　なんか変っていうか、」

「変？　可愛い弟を愛《め》でることがなにかおかしいのか？」

もし七星が本当にラナイズの弟だったとしても、この愛情表現はやっぱりおかしいと感じるだろう。

七星がベッドの上で半分身を起こしてこくこくとしきりに肯くと、ラナイズが眉を顰めて不満そうに首をひねった。

「おかしいかどうかは誰が決める？　俺はそれに従う義理があるのか？　お前が嫌だと思っているの

かどうか、俺にはそれがもっとも重要だ」

ええ、と声が出そうになって、七星は口端を引き下げた。

普通に考えたら変だけれど、誰がそんなことを決めたのかは知らない。べつに法に抵触するというわけでもなければ、従わなければいけないわけでもない。

だとしたら――

「……嫌、……というわけでは、ないですけど」

これが同級生にされたりしたら殴ってでも正気に戻れと言ったかもしれないけれど。

どうしてラナイズに対しては嫌だと思わないのか戸惑う七星に、横になったままのラナイズが満面の笑みを浮かべて手を広げる。

「そうか」

まさか、そこに飛び込めと言うつもりだろうか。

さすがにそこまで積極的に肯定はできない。七星が気付かないふりをしてベッドに身を沈めると、そのつれなさにさえ笑いながらラナイズが腕を伸ばしてきた。

肩を抱き寄せられ、気付けばまた腕の中に逆戻りだ。

ラナイズの体温が七星の全身を包んで、深い安堵感がある。

右も左も分からない世界にどうしてやって来てしまったのかも、また元の世界に帰れるのかもわからないのに、ラナイズに触れていると安心する。

女官はいい人ばかりだし、ステラをはじめとした騎士団の人たちも七星に好意的だ。だけどどこか、緊張して過ごしていたのかもしれない。

ラナイズのしっかりとした腕に抱きしめられていると、強張っていた気持ちがゆるゆると解けていく。

もしかしたらラナイズも、七星の前でだけは自然体でいられると思っているからかもしれない。

ラナイズが本当に七星に安心してくれているのかどうかは、一方的な希望にすぎないけれど。

七星が押し黙ってラナイズの腕に身を任せていると、また頰に唇が吸い付いてきた。

「っ、」

びくっと肩が震えてしまうけれど今度は拒まずにいると、今度は耳元に唇が寄ってきた。

ちゅっと短く音をたてて耳の輪郭を吸い上げられて、七星は強く目を瞑った。

嫌ではないし、ラナイズのそばにいるのは安心するのに、体が硬直してしまう。ラナイズもそれを感じたのか、おかしそうに笑って急に乱暴な仕種で七星の首筋へ顔をすり寄せてきた。

「ははは！　お前は本当に可愛いな」

「……っもう！　からかってるんですか?!」

七星の反応がそんなにも愉快だったのか、ラナイズは返事もせずに七星の首へ鼻先を埋《うず》めたまま笑い続けている。

くくくと低く漏れ出るラナイズ笑い声が七星の体に振動として伝わってきて、どんどん胸がこそばゆくなっていく。だけどこれも、嫌じゃない。

「もー……。弟さん、……ルルスにも、こんな風にしてたんですか？」

十二歳にもなって兄からこれだけ溺愛されていたというのは、どんな気分だったんだろう。

もしこれが七星なら兄から自立したいと思って宮殿を出るというのは考えられないでもないけれど、幼い頃からずっとこうされていたらこれが普通だと思うのかもしれない。ラナイズが当然のように七星に口付けてくるように。

「まさか。以前のお前はこんなに抱きしめさせてはくれなかったぞ。ましてや一緒に寝るなんてもってのほかだ」

「！」

騙された！

ショックのあまり返す言葉も失った七星をよそに、ラナイズは抱きしめる腕にぎゅうっと力をこめた。

「だから俺は今すごく浮かれているんだ。お前のいない三年間、俺は太陽を失ったかのようにつらかったからな」

鼻先を埋めた七星の首筋で大きく深呼吸をしたラナイズが、どれだけ喜んでいるかが触れた全身で伝わってくる。伝わってきてしまう。

七星はルルスではないのに。

ルルスは、一体どこへ行方をくらませてしまったんだろう。

こんなにもルルスを愛しているラナイズを一人、置いたままで。

攻撃魔法は、大きく分けて火炎、氷結、雷撃、粉砕の四つに分類される。

魔導師はいかなる争いにもこの能力で加担することはないと世界協定で定められているため、攻撃魔法は今日まで大きく発展することがなかったらしい。

七星は中庭でラナイズに借りた魔導書をめくりながら、無意識に小さく肯いていた。

ラナイズが子供向けのものだと言っていた魔導書は百科事典ほどの厚さがあって、借りた時は「また騙された！」と思ったものだけれど実際開いてみるとたしかに読みやすい。

読みやすいけれど、――内容はあまり頭に入ってこない。

書いてあることはラナイズが以前説明してくれた魔導師の歴史のままですごく興味深いのに、ラナイズの顔が頭をよぎるたび胸がムズムズとして気恥ずかしさが襲ってくる。

この本を借りに行った時もそのまま菓子だお茶だと口実をつけられてラナイズの部屋に長居して、結局ラナイズの部屋に泊まることになってしまった。

撫でられたりハグされたり、好き放題にキスをされることに慣れてしまった今でもやっぱり、あんなふうに一緒に寝るのはおかしいんじゃないのかと思う。だけどこれも何度もそうしているうちに慣れてしまうのだろうか。

でも心のどこかで、一緒に寝るのはいつまでも慣れないというような気もする。

ラナイズの腕の中に包まれて眠るのは心の緊張が解けて、世界で一番安全なところに匿《かくま》われているような気がしてくるけれど、こうしてふとした時に思い出すと心臓がうるさいくらいにバクバクと脈打って頭を抱えたくなる。

いや、やっぱおかしいよね？

――と誰かに同意を求めたいけれど、宮殿で働く人たちはラナイズがおかしいなんて口が裂けても言ってくれないだろう。

ラナイズがどれだけルルスを溺愛しているかを知っているし、微笑ましいことだと思われるかもしれない。

だったら、僕たち一緒に寝たりしてるんですーなんて吹聴《ふいちょう》するだけ七星が恥ずかしい思いをするだけだ。

七星が吹聴するまでもなく、ラナイズや七星の世話をしている女官たちには周知のことみたいだけれど。

「はぁ……」

七星はまたうるさく打ち始めた心臓をおさえて、わざとらしくため息を吐いた。他に誰がいるわけでもないのに、自分に対してのポーズのようだ。

寝しなに、夜中ふと目が覚めた時に、あるいは半ば眠ったままでも腕の中の七星に擦り寄ってくるラナイズの唇の感触を思い出してしまうと顔が熱くなってくる。

それでも七星より遥かに早く起きるラナイズが、起き抜けに口付けてくることはない。

一晩中抱き枕かなにかのように大事そうに七星を腕に抱えているくせに、朝は一人で七星の知らないうちにベッドを抜け出て行ってしまう。

朝早くから政務があるのだろうか――あるいは七星が夜に時間を作ってもらっているせいで前日の

仕事の残りなのかもしれない。

ラナイズが実際何時に起きているのかは知らないけれど、七星が目を覚ます頃にはまるで見計らったように部屋に戻ってくる。監視カメラでもついているのだろうかと思うくらい、正確に。

「おはよう、私の可愛い弟。お前は寝ぼけていてさえ可愛いな」

と、まさに寝ぼけたようなことを言ってはラナイズはまた朝からキスをしかけてくる。

その腕に抱き寄せられた瞬間、昨晩とは違う香りをさせていることに気付いて七星はギクリとした。

いつもラナイズの距離が近すぎるせいで昨晩の香りと今朝の香りを嗅《か》ぎ分けられている自分にも驚いたけれど――それ以上に、ラナイズには他に一緒に夜を過ごすべき相手がいるのではないかと思ってしまったからだ。

七星は知らなかったけれど、ラナイズには付き合っている女性がいるのかもしれない。

無意識に体を強張らせた七星が目の前の肩をぐっと押し返して離れようとすると、ラナイズは訝しげに目を瞬かせた。

まるで七星がラナイズを拒むことなんて起ころうはずもないとでも思っているみたいに。

「どうした？　今日は朝から虫の居所が悪いな」

仕方なく七星を抱きしめることを諦めてベッドに腰を下ろしたラナイズが、大きな手を伸ばしてくる。首を竦めて逃れようとしたつもりだけれど頬にかかった髪を撫で上げられて耳にかけられた。

その掌で触れる相手は、そもそも七星ではなくてルルスのはずだし――あるいは他の女性なのかもしれないと思うと、急に胃のあたりがムカムカしてきて七星はそっぽを向いてしまった。

「ルルス」

これはただごとではないというように居住まいを正したラナイズが顔を覗きこんでこようとするのを、首を振って制する。

今までラナイズに女性の影が見えなかったということのほうがおかしい。

ラナイズは一国の主《あるじ》だし、そうでなくても見目は麗しく、居住まいは堂々としていて、それなのに笑うと屈託がない。圧倒的なまでに人を惹《ひ》きつける魅力にあふれているラナイズに心奪われない女性などいないのだから、ラナイズが気に入った女性が現れるか現れないかの問題だけだ。

ラナイズにはそういう女性がいるのだろう。

こうして朝早く、人目を忍んでいるところを見ればおおっぴらにお付き合いができる人ではないのかもしれない。それでもラナイズが気に入っているのだから、それは真剣な交際なんだろう。――そこまで考えて、七星はベッドを転げるように逃げ出した。

「ルルス、何があった？」

そんなふうに飛び出したら危ないと伸ばしてきたラナイズの腕を振り払って、七星は唇を噛んだ。

べつに、ラナイズに女性がいることくらい当たり前だ。

ただ、まるで「ルルス」への溺愛が彼女との交際のカモフラージュにされているような気がして気分が悪いだけだ。

「……っ、ラナイズが一緒に寝たい相手は僕なんかじゃないんじゃないですか」

ベッドを抜け出た七星を追って腰を上げようとしたラナイズを制するように声を張り上げると、今までのうのうとラナイズのベッドにいた自分が惨めな気持ちになってくる。

別に七星が望んで泊まったわけではないけれど、ラナイズの逞しい腕の中にいて安堵を得ていた自分が、ばかみたいだ。

「何を言ってるんだ？　俺がお前以外の誰と一緒に寝たいと思うんだ」

心底理解できないという顔で首をひねるラナイズの顔が、憎らしく思える。

ラナイズは七星の前では自然体でいると思っていた。嘘なんてつかれると思ってなかった。

「……石鹸《せっけん》のにおいがします」

べつにラナイズに女性がいたからって七星はどうとも思わない。

嘘をつかれて、隠されているのがすごく嫌な気持ちになるだけだ。

七星が震えた声を絞り出すと、ラナイズが一瞬押し黙った。

ラナイズが次に口を開いた時「まいったその通りだ、俺には惚れた女がいる。でも他の者には黙っていてくれるか」と言ったら、七星はどう感じるのだろうか。

本当のことを話してくれてよかった、応援しますねと笑えるだろうか。

これからも彼女との仲をカモフラージュするために僕を溺愛するふりをしていていいですよ――なんて、言える気がしない。

本当のことを話して欲しいけれど、耳を塞ぎたい気持ちもある。

だけど七星がその場を逃げ出したい衝動に駆られるより先に、ラナイズが噴き出した。

「何を勘違いしてるんだ？　たしかに俺は湯浴みを済ませてきたけれど、それは鍛錬で汗をかいたからだ」

　思わず顔を上げるとラナイズは笑いを堪えるように口元を抑えて、七星の前まで歩み寄ってきた。

「……、鍛錬」

　呆《ほう》けた顔でラナイズを見上げたまま、つぶやく。

「ああ。昼間は公務で忙しいからな。朝のうちに剣技の鍛錬を済ませて、湯浴みをしてきた。証明するものはないけどな」

　そう言いながら目の前にラナイズが掌を広げると、その手にはまめのようなものがあった。触れてみると熱いような気がする。ついさっきまで棍棒を握っていたのだと証明するように。

　すると急に、下世話な誤解をした自分が猛烈に恥ずかしくなってきて七星はかーっと顔が熱くなってくるのを感じた。

　その顔色を見下ろしたラナイズが、我慢できなくなったように笑い声をあげる。

「ははは！　安心しろ、俺にはお前だけだ」

　と同時に、まめのできた手を七星の背中に回してぎゅっと抱きしめられてしまう。それを拒む理由も、もうない。それどころか気恥ずかしさで穴にでも入ってしまいたい顔を隠すにはありがたいくらいだ。

「それって、国としては全然安心できないと思いますけど……」

　ラナイズの胸の中でくぐもった声でそうぼやくのが精一杯で、それでもさっきまで感じていたモヤモヤがあっという間になくなっていく。

自分で言った通り、ラナイズは君主なのだから女性の影がないのは国としてはきっと良くないことなのに。

それでも、脱力したようにラナイズに抱き寄せられるままになっているのが心地いいと感じてしまう。

「しかし嬉しいな、お前がやきもちを妬《や》いてくれるなんて」

「っ!? や、やきもちとかじゃ……!」

頭上で弾んだ声に驚いて身を離すと、やに下がったラナイズの嬉しそうな顔が覗きこんできた。

せっかく顔を隠していたのに自分から顔を上げてしまって後悔したけれど、もう一度ラナイズの胸に顔を伏せることなどできない。慌てて顔を逸らすことしかできなくて、七星はラナイズの腕から逃げ出した。

「やきもちだろ」

「ち、ちがいます!」

やきもちなんかじゃない。

ただ自分がカモフラージュに使われているなら嫌だとか、嘘をつかれていたのが嫌だとかそう思っただけだ。——そのはずだ。

だけど今思い返せば「石鹸のにおいがする」だなんて旦那《だんな》の浮気を追及しようとする奥さんみたいなことを言ってしまった。

そう思うと顔だけじゃなく全身が燃えるみたいに熱くなって汗ばんできて、七星は昨晩ラナイズが貸してくれると言った魔導書に飛びついた。

「これ、お、お借りします！　お邪魔しました！」

結局そう言って逃げるようにラナイズの部屋を飛び出してきたのが、今朝のこと。

思い返すとまた頭を抱えたくなってきて、七星はテーブルに突っ伏した。

魔導の勉強をするのでとお付の女官を遠ざけたので、中庭には七星一人だ。しばらく両手で顔を覆ってうーとかあーとか意味不明な唸り声を漏らしていると、近くの茂みで葉擦れの音がした。

「！」

びくっと肩を大きく震わせて、振り返る。

宮殿の中で危険な目に遭うなんて思っていない。ただ、足をばたつかせて一人で悶《もだ》えている姿を誰かに見られたのかと思うとどっと汗が噴き出してきた。

「す、……すみません！」

振り返った茂みから顔を覗かせたのは、猫のような顔をした小柄な少年だった。

猫のような――というよりも、首から上は完全に猫だ。頭には耳が生えているし、顔は茶色の縞模《しまも》様《よう》がある毛で覆われて、ヒゲもある。

ただ体だけは七星と変わらない二本足で立っていて、手も五本指だ。

亜人の少年のようだった。

簡素なシャツとゆったりとしたパンツを着け、腰に革製の鞄《かばん》を提げている。

「ぼ、僕今こちらの庭のお手入れをしていて――……る、ルルス様がいらっしゃるとは知らず、た、大変失礼いたしました！」

　恐縮して勢いよく頭を下げた少年は、顔つきからはわからないけれど体の小ささと舌足らずな声調から、中学生ほどの年齢に思えた。

　こんな小さな子が宮殿で働いているのを見るのは初めてだ。

　きっとラナイズやルルスのような人間に接することができるのは失礼のない、それなりの経験を積んだ従者だけなのかもしれない。七星が彼を見かけたのが初めてなように、彼からしてみてもルルスを目の当たりにしたのは初めてなんだろう。とんでもないことをしてしまった、どうしようと緊張している様子がビリビリと伝わってくる。

「ううん、大丈夫だよ。ちょっとびっくりしただけだから」

　少年が緊張しているのを目のあたりにすると、七星は自分がさっきまで襲われていた羞恥《しゅうち》もどこかに吹き飛んで笑った。

　椅子を立ち上がって、茂みの前で頭を下げたままもじもじとしている少年に歩み寄る。

「庭を手入れしていたってことは……君は、庭師の子なのかな」

「っは、はい！　こちらで、一ヶ月前から働かせていただいております！　エルロフと申します！　父もプレアデス宮殿で庭師として従事させていただいておりました」

　急にビシっと背筋を伸ばして声を張り上げたエルロフの背後には、長い尻尾《しっぽ》が伸びている。それもピンと緊張していて、七星は思わず笑ってしまった。

「そんなに緊張しなくて大丈夫だよ。……そっか、お父さんも庭師の方なんだね。お父さんに仕事を教わってるの？」

背筋を伸ばして空を仰いでしまったエルロフを安心させようとして話を振ると、ガラス球のように大きな日が瞬いて、少し伏せられた。

「いえ、……父は僕が産まれるより先に、亡くなりました」

尻尾の先がゆらゆらと揺れて下がっていくのを見ると、七星は息を呑んだ。

「っ、そうなんだ……ごめん」

「いいえ！　僕は父の顔も知りませんし——ただ、父が宮殿仕えを誇りにしていたように、僕も陛下のために尽力できたらと思い、日々精進しています！」

首を竦めた七星に大きく首を振ったエルロフの言葉には嘘がないようで、キラキラとした目は自分が手入れしたのだろう木々が映っている。その顔には自分の役割への誇りと自信が見て取れた。

「そっか。僕の……あ、ええと僕の知ってる人？　……も、エルロフくんと同じようにお父さんが亡くなっているんだけど、お母さんやお姉さんたちが楽しくお父さんの話をしてくれるみたいだよ」

「はい！　僕の母も父がどんな庭師だったのかよく聞かせてくれます」

一度は力がなくなった尻尾がまたピンと天を向いて、声も弾んでいる。

七星も気持ちはわかる。

父のことは覚えていないし恋しい気持ちもあまりないけれど、母や姉から話を聞いているだけでも父のことが大好きだ。きっとエルロフも同じだろう。そう思えるくらい、エルロフの表情は誇らしげで、嬉しそうだ。

「ルルス様は中庭で何をしてらしたんですか？」

多少は緊張が解けたのか、頭上の耳をピクピクと震わせたエルロフが中庭のテーブルセットに視線を向けた。

猫らしい、好奇心にあふれた様子で。

どうか、七星がテーブルに突っ伏して身悶えていた姿を見られていませんようにと祈るような気持ちで七星は首を竦めた。

「魔導の勉強をね、ちょっと」

ルルスと違って才能もないのに、勉強をしたところでどうなるものでもないとは思うけれど。

それでも、七星が少しでも魔法の真似事みたいなことが、もしできたとしたら——またラナイズがあんなふうに喜んでくれるのかと思うと、ちゃんと魔導書を読みたいという気になる。

「魔導のお勉強中でしたか！」

はにかむように七星が視線を伏せようとした時、エルロフが興奮した声をあげた。その目がキラキラと輝いている。

「ルルス様の魔力はとてもすごい、と聞いています！　僕の故郷にも魔力をもった者はいますが、みんなルルス様が憧《あこが》れです！」

「あ、いやあの……僕は、別に」

ルルスではないし。

純真なエルロフをまるで騙しているようで気が引けるけれど、それ以上に全身で興奮を表すエルロフの様子に、つい微笑ましくなってしまう。

三角の小さな鼻がヒクヒクと動き、ヒゲも揺れている。その頬のふわふわとした毛を見ていると思わず撫でたくなって、七星は右手を疼かせた。

ラナイズもこんな気持ちなんだろうか。撫でたくなってつい手が出てしまって、悪気はないんだろうから、七星が今覚えている衝動と大して変わらないのかも――と思うと、自分はラナイズにとって猫みたいなものなんだろうか。

「陛下もルルス様も、お姿が美しいだけでなく才もあって……本当に、すごいなあ。宮殿にお仕えするようになってますます、みんなが憧れているのがわかります」

感嘆の息とともにまるでひとりごとのように漏らすエルロフはうっとりと白眉の宮殿を仰いだ。

たしかに、ラナイズはその美貌《びぼう》だけに留《とど》まらず君主としての威厳はあるし、国が平和な様子を見る限り采配《さいはい》も立派なものなんだろう。先の戦ではスタヴロス卿だけでなくラナイズの武勲だってあるようだし、それなのに今朝みたいに人知れず鍛錬をし、魔導の勉強も――欠けている点を探すのが難しいくらいだ。

しいて言えば、弟に対しての異常な愛情くらいだろうか。

「エルロフも可愛いし、庭師としてしっかりお勤めしてるんでしょう。僕と同じだよ」

羨望《せんぼう》の眼差しを宮殿に向けたエルロフの横顔を見ていると、思わず言葉が口をついて出てきた。

瞬間、バネでも仕掛けられたみたいに勢いよくエルロフの尻尾が立ち上がった。

「僕とルルス様が同じだなんて、そんなこと！」

「真面目《まじめ》に働いてるエルロフを僕なんかと一緒にしたら失礼かな」

「逆です！」

尻尾を膨らませて焦るエルロフの様子に笑ってしまったけれど、でも本心だ。

魔導の勉強だって、この国を護ろうなんていう使命感に駆られているためでも生きるためでも、ましてや誇りのためでもない。もっと言えば、ラナイズのいない日中の過ごし方をやっと見つけたと思っているくらいだ。

どうせ魔法が使えるようになるとも思っていないし、暇つぶしみたいなものだ。

あるいは、ラナイズの喜ぶ顔が見たいだけで。

そんな不純な七星と一緒にするなんてエルロフに失礼だろう。

「――ねえエルロフ、もし嫌だったらはっきりそう言って欲しいんだけど……」

この世界にやって来て、ラナイズ以外の人とこんなに心を砕いて話したのは久しぶりだ。

エルロフのほうが少し年下に見えるけれど、同じ年頃の人といえば女官くらいしかいなかったし、なによりエルロフはあまり畏《かしこ》まらずに話してくれるのがいい。

七星は思いきって、切り出した。

「と、――友達……に、なってくれない、かな」

「えっ!?」

ただでさえ大きなエルロフの目がさらに丸く見開かれ、三角の口がぽかんと開く。驚きのあまり毛が逆立ったエルロフの顔が一回り大きくなったように見えて、七星も驚いてしまった。

「あっ、ご……ごめん、急に――」

「ルルス様が亜人をお好きだといううわさは本当だったんですね」

友達なんて、なろうとしてなるものじゃないよねと七星が撤回しようとした時、顔をまんまるにさせたままのエルロフがどこかぼんやりとした声でつぶやいた。

「え？」

ルルスが亜人好きだというのは初耳だ。

ラナイズもそんなことを言っていなかった。

七星が亜人の国に興味を持ったことが嬉しいだけと思っていたけれど、あの時もしかしたら「亜人が好きなルルス」が食いつくかもしれないと思って亜人の国の話をしたのだろうか。だとしたら、まんまと引っかかってしまった。

「ルルス様は亜人の従者を好んでお付けになっていると、亜人の間では有名な話です」

「そうなんだ……」

だけど七星につけられた女官は亜人ばかりというわけでもない。亜人がいないわけでもないけれど、一人か二人くらいのものだ。宮殿内で見かける亜人の割合的に妥当だと思っていたけれど。

うわさの真偽は七星にはわからないけれど、否定するようなことでもない。

少なくとも七星は、亜人のことも好きだ。

「お、お、恐れ多いことではありますが……！」

七星が首を傾げていると、エルロフがぎゅっと目を瞑って声を震わせた。

「ぼ、ぼ、僕なんかでよろしければ……！　あっもちろん僕からはルルス様をお友達だなどとだいそれたことを言うことはありませんし、ただルルス様から気兼ねなく呼びつけていただければ、あの」

エルロフが急に早口でまくし立てる。その耳がぺたんと頭に伏せられて、緊張しているのか畏怖《いふ》しているのか、わからないけれど顔がおまんじゅうのように丸くなって可愛い。

「それじゃ友達じゃないじゃん」

緊張しすぎて呂律《ろれつ》が回らなくなっているエルロフの早口に思わず声をあげて笑った七星は、自然とその頭に手を伸ばしていた。

期待していた以上にやわらかな毛質に指が沈んで、エルロフが驚いて目を開けてもその頭を撫でるのをやめられなくなってしまった。

「友達って、両思いじゃないとなれないんだよ」

「りょ、りょ、りょ……！」

驚いたエルロフが牙《きば》を覗かせて口をパクパクさせる。

毛に覆われているから顔色はわからないけれど、もしかしたら赤くなっているのかもしれない。七星が撫でた頭が熱くなった。

――なんだか自分がラナイズに似てきた気がする。

苦笑を禁じ得ないけれど、悪い気分じゃない。

「……僕、触り心地いいですか？」

首を竦めて七星に撫でられるままになっているエルロフがやがて観念したように言うと、七星は大きく肯いた。

「うん、すっごく！」

猫を飼ったことはないけれど、友達の家で撫でさせてもらったことは数えきれないくらいある。

その猫たちと比べても、エルロフの毛並みはふかふかしていて気持ちいい。シャツの襟元から覗いている首を撫でたらゴロゴロ言ってくれるのだろうかとか、失礼なことばかり考えてしまう。

「ルルス様もそんなふうにお笑いになるんですね」

「え？」

ぴくりと、エルロフを撫でる手を止める。

「あ、いえ失礼なことを申し上げるようですが……！」

「いいよ、別に。友達だし」

友達ならば、自分がルルスではないのだということを言っておくべきなのかもしれない。

七星はエルロフの頭から手を下ろして、しっかりと向き直った。

「新年の挨拶《あいさつ》などのご公務で僕たちがルルス様のお姿を拝見する時は、いつもお人形のように静かでいらっしゃったので……あ、あの！　でも遠くから一瞬お目にかかるだけなので、気のせいかもしれないんですけど……！」

「そうなんだ」

たしかに、ラナイズの言うルルスもだいぶクールそうではある。

七星は早く誤解がとけないかなと思っているくらいだしルルスを演じるつもりもないけれど、ルルスがどんな人なのかは少し興味がある。

ラナイズに抱きしめさせもしないし、あんなに強引なラナイズの誘いにものらない、人形みたいな亜人好きの皇子。

ルルスがどんな人で、何を考えていたのか――そして今どこにいるのか。

七星なんかにわかるはずもないのだけど。

「あのね、エルロフ。僕、実は――……」

ルルスではないんだ、とそう続けようとした時。

宮殿から続く道に人影が覗いた。

「ルルス様」

息を呑んで即座に反応したのは、エルロフが先だった。

七星がその声の主を振り向いた時にはもう七星から遠ざかって、頭を下げている。それでも、七星が頭を撫でられるくらいの距離で話していたところは見られていただろう。

「どうされたのですか、このようなところで」

やって来たのは、ステラだった。

軍服に身を包み、腰に例の大きな剣を提げている。仕事中のようだ。

「ステラさん、こんにちは。あの、先日はすみませんでした。僕のせいで――」

「ルルス様」

ここで会えたのをいい機会だとばかり七星が先日のラナイズの一件を謝ろうと口を開いた時、ステラの静かな声に遮られた。

口を噤んで目を瞬かせると、いつもの様に穏やかな表情を浮かべたステラが小さく首を振る。

「そのような者がいる場でお話するようなことではありません」

「え？」

この場には七星とステラと、他にはエルロフしかいない。

ステラの言ったことが理解できずにあたりを見回すと、エルロフは体を小さくしてその場に膝をついていた。

「ステラさん、あの、彼はエルロフと言って僕の――」

「ルルス様、高貴な方のお言葉は下々の者に軽々しく聞かせるのも控えたほうがよろしいかと」

ステラはさも当然のように笑みを湛《たた》えたままの唇で言う、けれど。

「あのでも、ステラさ――」

「失礼致します！」

彼は友達なんだと、そう言い募ろうとした七星の言葉を待たずエルロフが声をあげて踵を返し、茂みの中へ戻っていった。

引きとめようとして振り返ると、今度はその背をステラが呼び止める。

「ルルス様、庭師などとお言葉を交わしてはなりません」

「えっ、でも」

そうしているうちにもエルロフの姿は見えなくなってしまって、七星は眉尻を大きく引き下げた。

次に会ったらエルロフに謝ろう。そう思うけれど、本当に次会うことができるのか、不安になってくる。

「彼らは宮殿の中に立ち入ることも許されない身分の者たちです。庭を手入れすることを許されているだけで、ルルス様にお付の女官たちと言葉を交わすことさえ許されてはいません。まったく、女官たちはどうしているのか」

「っ、彼女たちは僕がついていなくていいと言ったんです！」

勉強をしているからあなたたちも休んでいてくださいとお願いしたのは七星のほうだ。

ステラの眉が顰められる前に慌てて声をあげると、不承不承というようにステラが小さく息を吐いた。

この間のラナイズの態度を詫びようと思っていたのに、言い出すタイミングを逸してしまった。

ステラも立場が変わればまたラナイズと同じなのか。そういうものなんだろうか。

「ルルス様の記憶が混乱していることは存じております。まだご自分の立場がおわかりではないのでしょう。出過ぎた真似を致しまして、申し訳ありません」

うつむいてしまった七星の態度をどう受け取ったのか知らないけれど、ステラがおもむろに膝をついて胸に手を当て、静かに頭を下げた。

「いえ……」

記憶が混乱しているわけではないと訂正するのも面倒だ。

ただ皇子というのはやたらと窮屈で、友達もろくに作れないんだと思うと——ラナイズはこういう立場をどう思っているのか、聞いてみたくなってくる。なんとなく、ラナイズなら話せばわかってくれるような気がする。

「――むかしむかし、とある国の王は身分を隠して城に潜り込んだ馬飼いに敵の手引を許され、国を滅ぼされたこともあると聞いています。我々はこの国をお守りすることが使命です。どうか、お許しを」

深く頭を垂れたまま、それでもステラは毅然《きぜん》とした騎士としての態度を崩さない。

たしかに、これは七星一人の問題ではないんだろう。

何も知らない七星が下手を打ってラナイズの国に災いを招くなんて、とんでもないことだ。その時になって七星を弟と間違えたラナイズが悪いんだなんて言えない。

「……こちらこそ、すみません。教えていただいて、ありがとうございます」

エルロフは絶対に悪いことをする人ではないと思うけれど、ステラの言うことも正しい。

がっくりと肩を落として七星がステラの前にしゃがみ込むと、ようやくステラも顔を上げてくれた。

「お聞き入れくださり、ありがとうございます」

顔を上げたステラの表情は心底ほっとしたようで、それを見てしまうと七星も何も言えなくなってしまう。

騎士の身分で皇子に進言することは、ステラだって緊張することだったのだろう。

それも、あんなことがあった後だ。もしここで七星がステラに不快感を抱けばラナイズはステラを切り捨てることだって躊躇わないかもしれない。

それでもステラは、危険を顧みずに言ってくれたのだ。アルクトス公国に万が一のことがあってはいけないからと。

あるいは七星がわかってくれると信じているからかもしれない——と思うのは、驕《おご》りだろうか。だけどもしそうだったら、嬉しい。

エルロフのことは、ラナイズにでも聞いて身分を明らかにすればまた話せることもあるだろう。

「それではルルス様、手を流しにまいりましょう」

「え？」

目線を合わせるためにしゃがみこんで七星を促して立ち上がったステラが、宮殿を指して踵を返そうとする。

手を流す？

脈絡がわからずに七星がきょとんとしていると、ステラは双眸を細めて優しく微笑んだ。

何故か、背筋がぞっと粟立つ。

「ええ。——亜人などに触れた手を、きれいに洗い流さなければ」

ステラは、至極当然のことのように言った。

あまりにも自然で、七星がぽかんとしたまま身動きできなくなるくらいに。

「え？　あの……」

「さっき、あの亜人に触れていたでしょう？　ルルス様の御手が汚れています」

「よ、汚れてなんかないよ？　エルロフは別に——」

たしかにエルロフは庭師だから、それは土や葉っぱにまみれていることもあるかもしれない。しかしそうじゃなくて「亜人だから」という理由ならば、エルロフは別に汚れてなんていない。

七星は頭をガツンと殴られたようなショックを覚えるのと同時に、何もおかしなことを言ったとは思っていないかのようなステラの様子が怖く感じた。

鍛錬に参加させたもらったあの日に、ステラは亜人を快く思っていないんだろうということはわかっていたつもりだけれど。

「……ステラさん。僕は亜人の皆さんのことをあまりよくは知らないけれど、僕が知っている限りの亜人の方々に、嫌な思いをさせられたことは一度もないんです」

「ええ」

にこやかに、ステラは肯く。

七星がステラの言ったことにあまりいい気持ちがしていないことを察していないかのように。だけど、聡《さと》いステラがそんなことに気付いていないはずがない。その笑顔が貼《は》りついたもののように見えるのも七星の気のせいじゃないだろう。

「ステラさんは亜人の方が苦手みたいですけど、僕はステラさんのことを好きなように、亜人の方も好きです」

「私を犬や猫と同じだと仰るのですか？」

微かに首を傾げたステラの唇は微笑んでいるけれど、細められた目の奥は決して笑っていない。

それどころかまるで空虚な暗闇《くらやみ》のようにさえ見えて、七星は一瞬言葉に詰まった。

「いえ……あの、そうじゃなくて——亜人の皆さんも、僕たちと同じ」

「同じなはずがないでしょう」

まるで鋭い刃《やいば》を振り下ろされるように言葉を遮られて、知らず七星は後退っていた。

ステラが怖いと感じてしまう。

掌がじっとりと汗ばんで、冷たい。

ステラは信頼できる騎士で、国のために働いている立派な人だと思うけれど、亜人のことになるとどうしても相容《あいい》れない。

「ルルス様は勘違いされておいでのようですが、私は亜人が苦手なわけでも、嫌いなわけでもありません。私は草木を愛で、自分が乗る馬も大切にしていますし、まだ従騎士にも満たない小さな頃はペットを飼ってもいました。小さな犬でしたが、彼が老衰した時には私もいい歳になっていましたが年がいもなく泣いて暮らしたほどです」

可愛いペットを思い出すように胸をおさえて瞼を伏せたステラが、嘘をついているようには思えない。

それなのに、七星はステラに底知れない不気味なものを感じてしまってこの場から逃げ出したいとばかり考えていた。

「動物は好きです。しかし彼らが人間と同じ存在だと主張してくることは違うのではないかと思うだけです。庭師が穢《きたな》らしいと言っているわけではありません。野良猫に触ったら手が汚いと感じるでしょう？　道端の小石を触ったら手が汚れるでしょう？」

小石だなんて、と声をあげたいのに喉が貼り付いたようになってうまく言葉が紡げない。

かろうじて小さく首を振ったけれど、ステラには気付いてもらえなかったようだ。

「だから貴方様の御手は汚れているんです。さあ、洗いに行きましょう」

ステラが恭しく手を差し出し、七星を促す。

だけどなんだかその手を取ったらいけない気がして、七星は踵を返してラナイズから借りた魔導書を手繰り寄せた。

ラナイズのものに触れると、なんだか勇気が出てくる気がする。この魔導書自体に魔法でもかけられているのじゃないかと思うほどだ。

「ぼ——僕は、そうは思いません。ちょっと見た目が違うというだけで、亜人の皆さんも同じアルクトスの国民だし、この宮殿のために働いてくれている彼らを悪くは思えません」

胸に分厚い魔導書をしっかと抱きしめると、七星はステラからじりじりと距離を取りながらはっきりと言った。

ステラが目を瞬かせる。なにか変なことを言っただろうかと七星のほうが不安になるくらい不思議そうに。

「彼らがアルクトスの国民？」

ステラの問いに、ぎこちなく肯く。

と、七星の反応を待たずにステラがたまらないといったように小さく噴き出した。

あんなに騎士としての立場を頑なにしていたステラとも思えないくらい、それは——軽蔑しきった嘲笑《ちょうしょう》だった。

「――あなたは本当に、何もおわかりではないんですね」

憐《あわ》れむかのように口端を歪《ゆが》めたステラの冷たい眼差しが、七星を見下ろす。

その瞬間、七星は弾かれたように中庭を駆け出していた。

怖い。

ただただ、ステラが恐ろしかった。

七星がルルスではなく、この世界のことを何も知らない子供だということを見透かしたような目だった。

そう思われることは本望だし、訓練に参加させてもらったあの日は七星がルルスではないんだと言ったことをステラだけが信じてくれたように感じて、それが嬉しかったのも本当だ。

それなのに、今七星はステラから逃げ出すように駆けている。

どうしてそう感じるのかわからない。

ただ、ステラが得体の知れないもののように感じてしまった。

＊　　＊　　＊

「この間お前が言っていた通りピスキスを揚げさせてみたが、なかなか美味《うま》いな」

ピスキスは淡白な魚だから、日本で言うところの白身魚のフライのようにしてみたらどうだろうと提案した料理が、朝食に運ばれてきた。

ラナイズは生まれてこの方、君主になるために育ってきた人だから当然厨房《ちゅうぼう》に立ったことなんてない。

七星が料理長にあれこれと説明してみたけれど、パルコーではパン粉が作れないし、代替品を探すのに少し難儀した。結局料理長とラナイズにお願いして厨房に入れてもらい、パン粉になりそうなものを探してできあがったのが今日の朝食だ。

「うん、美味しいですね」

「まったく、料理なんて一体どこで覚えてきたんだ」

そう言うラナイズの唇には苦笑が浮かんでいる。

七星だって別に料理に慣れ親しんでいるわけじゃない。母はほとんど働き詰めで父親代わりみたいなものだったけれど、姉が二人いたおかげで七星がキッチンに立ったことは一度もなかった。だけど家庭科の授業で習った程度のことならできる。

「僕にもラナイズより物知りなところがあるんです」

七星がわざとらしく澄ました顔で言うと、ラナイズが口を開けて笑った。

この世界のことはまだ何もわからないけれど、日本で過ごしてきた知識だってこっちで応用できることがもっとあるのかもしれない。今はまだ、この白身魚のフライが精一杯だけれど。

例えば白身魚のフライにはタルタルソースが合いそうだけど、マヨネーズはアルクトスにあるのか――とか、そういうことも七星にはわからない。この世界について学ぶにも具体的な目標があると俄《が》然《ぜん》楽しくなってくる。

『あなたは何もおわかりではないんですね』――とステラに言われたのは、つい二日前のことだ。

他でもないこの中庭で、七星は息が詰まるような不気味な思いをした。

たしかに七星は何も知らない。どう頑張ったって皇子《ルルス》にはなれないし、なるつもりもないけれど、
あの時ステラをおそろしく感じたのは自分の弱さのせいだったのかもしれない。

突然こんな世界にやってきてしまって、自分はルルスじゃないんだと言いながら状況に流され続けてきて。ステラに軽蔑されても当然だ。

もっと、今この世界でできることを見つけ出さなければいけない。

例えばそれは魔導を学ぶことかもしれないし、七星が知るなけなしの日本の知識をアルクトスに持ち込むことかもしれない。

もちろんそれは、本物のルルスが帰ってくるまでの話だけれど。

先日のステラの様子は、ラナイズには話してない。

それは七星が自分の問題でステラを怖く感じただけかもしれないというせいもあるし――それに、あの時のことを話そうと思えば、同時にエルロフについても説明しなくてはいけなくなるからだ。

「――……ス、」

ラナイズがエルロフについてどう感じるか、知りたいような知りたくないような複雑な気持ちだ。

もしラナイズまでステラと同じように眉を顰められたらどうしようという迷いが、七星の口を重くしている。

「ルルス。……おい、ルルス？」

「！」

目の前でパチンと指を鳴らされて、七星はハッと視線を上げた。

ラナイズが怪訝そうに顔を覗きこんでいた。

「どうした？　ぼうっと茂みを眺めたりして。野うさぎでも出たか？」

ラナイズが茂みを振り返って、七星の顔と見比べる。

どうも、あの日エルロフが去って行った茂みをじっと見つめていたらしい。七星は慌てて首を振るとごまかし笑いを浮かべようとして――やめた。

エルロフのことを話さないでいるのは、ラナイズにもエルロフにも、失礼なことのような気がする。

居住まいを正した七星が皿に一度ナイフとフォークを置くと、ラナイズが目を瞬かせてテーブルに身を乗り出す。話を聞いてくれる姿勢だ。

頭ごなしに否定されませんようにと祈るような気持ちで七星は大きく息を吸うと、ゆっくり口を開いた。

「あの……、僕この間ここで、庭師――の、亜人の子と……友達、になって」

覚悟を決めて切り出したつもりだけれど、途中でどうしても気になってラナイズの顔色を窺うように見てしまった。

ラナイズは七星のたどたどしい告白を真剣に聞いてくれているのだろう。端正な顔立ちから笑みが消えると、とたんにちょっと怖くなる。美貌というのはそれだけで迫力があるせいだ。

「友達？」

七星の言葉を受けたラナイズの金色の眉が、ピクリと片方、震えるように動いた。

思わずその数倍の大きさで七星の肩が跳ね上がる。

やっぱり、反対されるだろうか。

七星は皇子なんかじゃないけれどやっぱり皇子ともあろうものが庭師なんかと話すなと言われるのか、それともエルロフが亜人だからと言われるんだろうか。

「……お前が、友達？」

厳しい言葉を投げかけられると怯《おび》えていたのに、続いたラナイズの声は困惑しているようでさえあった。

なんだか、肩透かしを食らったような気分だ。

それでもまだ油断できないぞとラナイズの顔をおそるおそる見つめ返して小さく肯く。

「友達が、……できたのか。ルルス。友達なんて精霊だけでいいと言っていたお前に？」

青空みたいな色をした目を瞬かせたラナイズは、どうやら感激しているようだ。

ルルスは友達がいなかったのか。知れば知るほど、七星とルルスは——見た目こそ似ているみたいだけど、正反対の性格のようだ。

「ラナイズは、その……怒らないんですか？」

「怒る？　一体何をだ？　俺はお前みたいにやきもち妬きではないぞ」

「っ！」

突然数日前の話を持ちだされて、かっと七星の顔に熱がのぼる。

「あ、あれはだから、やきもちなんかじゃないって言ってるじゃないですか！」

安心もあいまって七星が大袈裟に頬を膨らませると、ラナイズがその頬をつついては声をあげて笑った。

緊張で強張っていた肩の力がほどけていく。

よかった。エルロフと友達でいていいんだ。早くエルロフにもこのことを伝えたい。きっとエルロフはますます自分の君主を好きになるだろう。なんだか七星まで誇らしい気分だ。

「僕が亜人とか……庭師とかと話をしたらいけないのかなって、その……思ってました」

とっさにステラの顔が浮かんだけれど、隠してしまった。

ステラを怖いと感じたなんて言ったら、ラナイズがまた過剰に反応してしまうかもしれない。

亜人に関してはステラに微塵も共感できないけれど、それは文化とか考え方の違いであって、告げ口みたいな真似は嫌だった。それでなくても七星はステラを一度危険な目に遭わせてしまっているのに。

「まあ、お前も皇子だから誰とでも話していいというわけではない。だがお前が誰かに関心を向けてくれるのは、俺は嬉しいよ」

「そうなんだ……よかった」

やみくもに怖がらないで、もっと早くラナイズに話していればよかった。

ラナイズならきっとステラのようなことは言わないだろうと思いながらも話せないでいたせいで、

この二日間ずっと気持ちが塞いで仕方がなかった。

掛けていた椅子の背凭《せもた》れに体重を預けてはーっと大きく息を吐くと、七星が緊張していたことも、そして今安心したことも察したのだろうラナイズが髪に手を伸ばしてきた。

ラナイズの大きな掌から伝わる体温が心地いい。

やっぱり、ラナイズと一緒にいると安心する。

ステラの暗い眼差しを思い出すとよけいにそう感じて、ラナイズの手が七星から離れてしまわないように掌に自分から頬をすり寄せてしまう。

「……ラナイズは、亜人についてどう思いますか？」

不安が一つなくなったおかげで食欲が増してきた。目の前のピスキスのフライをおかわりしたいくらいだけれど、でもこのままずっとラナイズに撫でられていたい気持ちもある。

これじゃまるで、本当に猫みたいだ。

「どう、とは？」

おとなしく撫でられている七星に双眸を細めていたラナイズが質問の意図をはかりかねたように眉を上げる。

「亜人の連合国の建国に立ち合ったりもしてましたけど……その、亜人は動物と同じ——とか、思ったりしますか？」

「動物？」

素《す》っ頓狂《とんきょう》な声をあげてラナイズが目を丸くする。

その反応に、七星は思わず頬が緩みそうになった。

普通はこうだ。自分のクラスメイトや隣人が動物と同じだなんて言われたら「何を言ってるんだ」と感じて当然のことだ。

「亜人は確かに俺たちと違う能力を持っていて、俺たちにできないことができる種別や、俺たちにできることができない種別などがある。だけどそれは俺たちだって同じことだ。俺は剣を振るうことが得意だが、料理ができない。姿や形で生まれながらにして向き不向きもあるが、そんなことは一目見ればわかる。それだけの違いしかないだろう、亜人と俺たちなんて」

七星を撫でることに飽きてしまったのか、それとも公務の時間が迫っているのか、ラナイズの手が離れて食事に戻ってしまう。

七星もナイフとフォークへ手を伸ばしながら、ラナイズの手元のピスキスを恨めしく思った。

結局存在しなかったラナイズの秘密の彼女にやきもちなんて妬いていないけれど、今ばかりはピスキスのフライにやきもちを妬いていると言ってもいいかもしれない。

「俺は亜人に力を貸してもらいたいし、自分たちではできないことがある亜人に力を貸したいとも思って、アルクトスは亜人の移民を受け入れている。建国した時からずっとだ」

君主としての凜とした表情を覗かせながら微笑むラナイズの表情は、朝陽よりも眩しいくらいだ。

七星は呼吸をすることも忘れて、見惚れるようにその顔を見つめた。

「俺は亜人を動物だなんて思ったことは一度もない。姿形が多少違うというだけで何も変わらない、俺の大切な民だ」

「ラナイズ……」

七星が欲しかった言葉を――いや、望んでいた以上の力強い言葉をもらって、胸が詰まる。

ラナイズにしてみたら当然のことを言っているだけかもしれないけれど、七星にとっては泣きそうなくらい嬉しいし、きっとエルロフも喜ぶ。

――ステラはどう思うのか、知らないけれど。

「そんなことを言えば、俺には魔導師のほうが不可解な生き物のように思えるよ」

ふと息を吐いたラナイズが思い出したように食事を再開させて、七星もそれにならった。

マルムの実の果汁を落とした清流水を口に含むと、口の中がさわやかになっていくらでもご飯が食べられる。ピスキスのフライに添えられたサラダを口に運びながら、七星はラナイズの言葉に目を瞬かせた。

「ラナイズだって魔法が使えるじゃないですか」

「俺は魔導師じゃない。彼らはまるで息をするように魔術を操るからな」

尊敬もしているのだろうけれどわざとらしく呆れたようなため息を吐いてみせるラナイズに、思わず笑ってしまう。

七星はまだラナイズの魔法しか見たことはないけれど、そんなに漫画みたいな魔導師がこの世界には実際にいるのだろう。

「お前は魔導師の勉強は捗《はかど》っているのか？」

笑いながらパルコーに手を伸ばした時、急に話を振られて七星は思わず喉を鳴らしてしまった。

「え、えーと……す、少しは……？」

ラナイズから借りた魔導書は面白くてスラスラと読めてしまうけれど、この二日ほどはステラのことで気が重くて、実践してみようというところまで至っていない。

呪文のような術式をどうやって唱えるのか、どんなものがあるのかはわかっていても、実際自分が使えるとはどうしても思えない。

しどろもどろになって食事の手を止めてしまった七星を見るとラナイズは小さく笑って、頭をぐしゃぐしゃと撫でてきた。

「まあ、なにも覚えていないのだから一人で学ぼうとするのは大変だろう。どうだ、教官をつけてみるか」

「……教官？」

魔法の先生、ということだろうか。

撫でられて乱れた髪を手櫛で整えながら七星が顔を上げると、その表情がラナイズにどう映ったのかはわからないけれど、こちらを窺うように覗きこんだラナイズが眩しいものでも見るように双眸を細めた。

「ああ。俺もよく知ってる、なかなか有能な魔導師だ。お前にはもともと才能があるのだから、少し教わればすぐにできるようになる」

励ますようなラナイズの言葉に、七星は苦笑を噛み殺した。

才能があるのはルルスであって、七星じゃない。期待されたってそれに応えられないんだと思うと、また心が沈んでしまいそうになる。

「まあ、お前が魔導を思い出せなくても俺の大事な弟であることには代わりはない。気が向いたらでいい。さっきも言った通り、俺にとっては魔導師は理解できない生き物のようなものだからな」

魔法も使えないし、そもそも七星はラナイズの弟でもない、なんの関係もない人間なのだけれど。

七星の表情を察してすぐにフォローを入れてくれるラナイズの心遣いが嬉しい。

「――……先生を付けていただいても、使えるようにはならないかもしれませんけど……」

しばらく視線を伏せて考えこんだ後で七星が口を開くと、返事を待つでもなく心地のいい沈黙を守ってくれていたラナイズが小さく相槌《あいづち》をくれた。

「……ちょっとだけ、すごい魔導師の魔法を、見てみたいです」

本音は、それだ。

七星が首を竦めて上目に盗み見ると、ラナイズは一瞬目を瞠った後で快活に笑った。

＊　　　＊　　　＊

「それじゃあ早速、実践してみましょう！」

すらりとした美人の魔導師に明るく宣言されて、七星はおののいた。

宮殿の二階、奥の間にある書斎の一角。ラナイズがスタヴロスから呼んでくれたという魔導師による勉強会はまだ二回目だ。

この魔導師は今日こそスレンダーな体に豊満な胸を揺らした美女の姿だが、この間は腰の曲がった老人だった。これも高度な魔法なのだという。前回の授業では老人の姿から年端もいかない幼女の姿、筋骨隆々な男性の姿にと変身して見せてくれた。

変身しているようには見えても実際骨や肉が変形しているわけではなく、光魔法を駆使して「そのような姿に見せているだけ」なのだというから七星は言葉を失った。

自分でもそれをやってみようと思うと気が遠くなるけれど、無責任に見ているだけならばこんなに興奮することはない。

前回の授業はほとんどマジックショーでも見ているような気持ちであっという間に時間が過ぎた。だけど今日は開口一番実践だ。

「え、いやいやそんな、いきなり……無理です！」

七星にはいまだにあの時ラナイズと見た光の球が自分の力だと信じることもできないのに。

書斎の椅子の背凭れに背中を押し付けるように後退って首を振っても、妖艶《ようえん》な美女の姿をした先生の笑みは変わらない。

「大丈夫大丈夫！　ラナイズ様に伺ってますよ、簡単な光魔法ならもうお手の物だって」

「いや、それ、嘘ですから！」

いや嘘ではないけれど、お手のものというほどじゃない。

一度だけ自分の部屋でこっそり練習してみたけど仄《ほの》かに明るくなったようななってないような、なんとも中途半端なものだった。

「はい術式唱えてみましょう！」

赤く染めた長い爪を伴った掌を打ち鳴らされると、なんだか魔法ってそんな陽気な感じでいいのだろうかと拍子抜けしてしまう。

なんだかもっと神聖で、厳かなものだと思っていたけれど。

もしかしたら今日の先生の姿のせいかもしれない。老人の姿の時はもう少しそれっぽい雰囲気だったのに。

「えー……ええと、我が肉、我が血、我が骨に命じる……」

術式の簡単なものなら、たしかに何度も魔導書を読んで覚えた。

だけどそれに力を伴わないならそれはただの言葉でしかない。誰が唱えたって同じ魔法が使えるなら魔導師は存在しないんだから。

「もっと集中して」

気後れした七星の心を見透かしたように先生が鋭く注意を飛ばす。

慌てて七星は目を閉じると、心をできるだけ無にした。真っ暗な闇に、この間ラナイズと見た光の球を思い浮かべる。

「照らせ灯火、光れ天空——ノクティス・ルシス・カエルム」

唱えて、目を開く。

——だけどそこには、何も浮かんでいなかった。

あんなに手を打って急《せ》かしていた魔導師の先生もあらというように大袈裟に肩を竦めている。

「だから……言ったじゃないですか」

「ルルス様、もっと精霊の力を頼っていいんですよ？　ムンドの御加護はあります」

「精霊って言われても……」

そんなもの、見たことも聞いたこともない。

日本にいる時だって霊感ゼロ、勘だって働かなかったほうだ。神様に手を合わせるのだって新年のお詣《まい》りか受験前くらいのものだった七星に「ムンド」が加護してくれるものだろうか。

どんどん悲観的な気持ちになってくる。

「大丈夫、ルルス様は今精霊の姿がお見えではないようですけれど、精霊たちは今もルルス様のおそばにおりますよ」

「え？」

先生の言葉に、七星は驚いてあたりを見回した。

当然、何も見えないけれど。

でも先生には精霊の姿が見えているのだろう。その精霊たちは七星をどう思っているのだろうか。

ルルスの偽物だと思ってないのか。

そういえば中庭の小鳥たちもルルスを好きだと言っていたけれど、七星にそっぽを向いたりもしない。

精霊や小鳥が人間を外見だけで判断するようには思えないのに、意外だ。

「……本当に？」

「ええ。むしろ私が以前ルルス様にお会いした時以上に、精霊は今のルルス様のお気に入りのようですよ」

長い睫毛を伏せた先生の瞳は、七星の目には見えてない何かを追っている。

以前だったら幽霊の類《たぐい》みたいに感じて怖いと思ったかもしれないけれど、亜人のいる世界を目の当たりにして、魔法も本当にあるんだって知った今では精霊の存在も信じられるし、それが怖いものじゃないこともわかる。

ただ、七星の目には見えないけれど。

「……精霊って、普通の人にもついているものなんですか？」

質問、と小さく手を挙げて先生に尋ねるとようやく彼女の視線が七星を向いた。

「ルルス様は祝福されしお方です。普通の人間とは少し違いますが――どんな者も、この世に産まれ落ちた瞬間から精霊はそばにおります。もっとも、精霊も人と同じように好き好きがありますので、より精霊に好かれる者が大きな魔力を持つと言ってもいいでしょう」

「魔導師の血を継ぐ人が魔法を使えるというわけではないんですか？」

七星は目を瞬かせて、先生を仰いだ。

ちょうど視線の高さで、魔導師の乳房が揺れる。とはいえ、これも魔法で作られた錯覚らしいけれど。

「一概にそうとも言い切れません。魔導師の血を継ぐものは精霊の姿が見えるというだけです。例えば陛下のように、精霊の姿が見えなくとも彼らの力を使うことはできます」

精霊の姿が見えない？

七星は声をあげるのも忘れて、再び目を瞬かせた。

魔導師の血を継いでいれば精霊が見えると言うのに、ルルスには見えてラナイズに見えないなんてことがあるだろうか。

七星がそれはどういうことかと口を開きかけると、それを制するように魔導師が妖艶な微笑みを浮かべた。

「ルルス様も今はお見えにならないでしょう？」

それは、七星がルルスではないからだ。

だけど、みんなはそれを記憶が混濁しているせいだと思っている。

あるいは何らかの影響で見えなくなったりするということはよくあることなのかもしれない。ラナイズに何があったのかを、他の誰かに聞くのはよくない。

七星は曖昧に肯いて、納得したふりをした。

「――精霊の力を借りる方法は二つあります。一つは精霊と仲良くなって助力を願う方法。もう一つは精霊を使役する方法です」

「使役？」

「精霊に命令し、奴隷のように使う方法ですね」

先生はさらりと言ったけれど、あまり感心する方法とは思っていないようだ。表情が翳っている。

七星も、説明を聞いただけでちょっと嫌だなと思ってしまった。

精霊がどんなものかもわからないけれど仲良くして力を借りるほうが、魔法を使うのは楽しくなるような気がする。

ルルスは友達は精霊だけでいいと言っていたくらいなんだから、前者のタイプだったんだろう。きっとラナイズも同じだ。ラナイズなら、精霊にだってモテているような気がする。そう思うと、なんだかおかしくなってしまう。

七星にも精霊が見えたら、ラナイズが精霊にチヤホヤされている姿が見えるかもしれないのに。

格好良く剣を構えたラナイズの周りで女性の形をした精霊たちが黄色い声をあげながら力を貸そうとしているような光景を想像しただけで、頬が緩む。

「それじゃ、もう一度やってみましょう！　友達に語りかけるように術式を唱えてください」

しまりのない顔を浮かべた七星に先生が短く手を叩くと、現実に引き戻される。

七星は姿勢を正して、大きく深呼吸した。

友達。

その言葉で、エルロフの顔が脳裏を過ぎった。

あれから一度だけ中庭でエルロフに会った。宮殿の庭が広すぎて、しかも庭師が普段どこにいるのかもわからなくてどうしても七星の力ではエルロフを見つけ出すことはできなかったから、女官にお願いして。

そこでラナイズの言葉を伝えると、中庭に現れた時には伏せられていたエルロフの耳がぴんと元気よく立ち上がり、大きな目がキラキラと輝きだした。

やっぱりエルロフもステラの様子が恐ろしくて、もう七星と会うことはないと思っていたらしい。だけどラナイズの許しがあったなら話は別だ。これからも時間があればまたこうして話をしようねと約束をして別れた。

友達――エルロフや、高校のクラスメート、部活のメンバーに語りかけるように。

「ノクティス・ルシス、……カエルム」

心の中に大切な人の顔をたくさん思い出しながら唱えると、閉じた瞼の裏が暖かい光に照らされるようだった。

ゆっくり目を開く。

そこには、バレーボールほどの大きさの丸い光が浮かんでいた。

「……できた！」

驚いて魔導師の顔を仰ぐと、先生はまるで子供でも褒めるように小さく肯いて返してくれた。

「そうです、お上手ですね」

興奮してるのは七星一人で、先生からしてみたら大したものじゃないんだろう。

それでもラナイズと一緒に唱えた時よりずっと大きな光の球が出たのは七星にしてみたらすごいことで、鳥肌が立つくらいだ。ここにラナイズがいたら、きっと飛び上がるくらい喜んでくれるのに。

今夜またラナイズの部屋を訪ねて、もう一度挑戦してみたい。

ラナイズの喜ぶ顔を想像しながら唱えたらもっと大きな光が出せるかもしれない。

「じゃあ次は火炎系に挑戦してみましょう」

「え？」

喜びも束《つか》の間《ま》、次は今まで挑戦してみたこともない攻撃魔法をやってみろと言われて七星はぎょっとした。その拍子に光の球も風船が割れるようにぱっと消えてしまった。

「ルルス様の得意魔法は光魔法と火炎魔法ですよね？」

そうなんだ、と他人事のように言ってしまいそうになって、慌てて口を噤む。

精霊が見えなくなっているくらいの記憶喪失なら得意魔法を忘れていたって自然だと思うけれど、なんとなく。

「……でも光は回復魔法、火炎は攻撃魔法ですよね？　両方得意ってこと……あるんですか？」

逡巡《しゅんじゅん》した後、結局他人事のように尋ねてしまった。

どうしたって自分のことではないんだから仕方がない。

だけど先生は気にした様子もなく、なぜかうっとりとした表情で大きく肯いた。どうも女性の姿をした先生は感情表現が大きいようだ。

「他の魔導師ならばなかなかそんなことはありません。攻撃は攻撃、回復は回復に特化した魔法を極めていくことがほとんどです。しかしルルス様は天才ですから！　幼少の頃からどんな魔法も自在に操っておいでです。そのぶん応用が利くということですから、我々魔導師の間でもルルス様を尊敬する声は絶えないんですよ」

先生の大きな身振り手振りが加えられた説明に、思わず七星も感嘆の息を漏らした。

両方とも十分に使うことができるなんて、魔導にまだ詳しくない七星にもすごいことなんだろうとわかる。

誰も彼も、ルルスは天才的な魔力を持っていると言うけれど、その理由がわかったような気がした。

とはいえ、それが自分にも期待されているのかと思うと全力で無理、と否定したいけれど。

「ルルス様は祝福された子供と言われています。というのは、たいていの魔導師が特定の精霊を友にしているのと違って、ルルス様には様々な種類の精霊から分け隔てなく愛されているからなのです。

――今もそうですよ。ルルス様のそばには火炎の精霊も氷結の精霊も、普段はいがみ合っているはずなのにルルス様のそばに付いていておいでです」

「今も？」

大きな目を細めて笑う魔導師の表情が、嘘やおべっかを言っているようには見えない。

だけど、七星はルルスではないのにそんなことが本当にあるんだろうか。いくら七星が周囲を見回しても、何の気配も感じ取ることができない。

「ですから、そんなルルス様が町に降りて民のためにお力を使うようになったと聞いた時は我々魔導師は本当に喜んだものです」

「民のために町へ？」

何も見えない自分の周りに視線を走らせていた七星は、先生の言葉に飛びつくように机へ身を乗り出した。

「ええ。ルルス様はたびたび宮殿の外においでになって、民の傷や病気を癒やしたり、生活を支えていらっしゃいました。身分を構わず民に術を施すそのお姿は、アルクトスの天使と呼ばれていた、と聞いています。陛下は気が気ではなかったでしょうけれど」

ルルスが町に降りていたなんて話は聞いたことがない。

先生が言う通りラナイズはそれをあまり快く思っていなくて、わざと話していなかったのかもしれない。だけど、たしかラナイズはルルスを他人に関心が持てない子だと言っていたのに。

他人に感心を持たないのに民を助けるなんてことがあるだろうか。

それに、エルロフはルルスが亜人が好きなようだと言っていた。ラナイズからそんな話を聞いたことはない。七星がエルロフと友達になったと言った時も、お前は亜人が好きだからなとかなんとか、ラナイズなら言いそうなものだ。

なんか、変だ。

ルルスの印象がなんだかちぐはぐで定まらない。ラナイズの贔屓目《ひいき》があってルルスの印象が一人だけ違う——というわけでもないような気がする。

「ルルス様？」

険しい顔で押し黙った七星を訝しむように、先生が首を傾ぐ。

なによりも、あのラナイズがルルスを自由に町へ送り出していたようには思えない。あるいはルルスが行方不明になるまではラナイズの溺愛もあんなに過剰ではなかったということなんだろうか。

あるいはラナイズの過剰な愛情に辟易して、ルルスはラナイズの前でだけ他人に関心のないようなふりをしていたのか。そうしていないと、七星のせいでステラが罰を受けそうになったように他人を巻き込んでしまうかもしれないから？

「先生、僕――……町に行ってみたいです」

そこでルルスがどんな人物だったのか聞いてみたいし、それに町に出てルルスの行方を聞いてみたら案外ヒントがあるかもしれない。

もちろん騎士団が調べ尽くしていることだろうけれど、ルルスと同じ顔をした七星だからこそわかることもある。ルルスのふりをするつもりはないけれど、この顔が役に立つことがあるのならば。

あるいは、七星はそのためにこの世界に来たのかもしれない。

「町へ？　では次回の授業は町へ出て実践を――……」

七星のつぶやきを授業へのやる気と受け取ったのか先生が大いに肯いて賛同した時、書斎の扉が軋《きし》む音をたてて開いた。

「陛下」

すぐに表情を改めた魔導師が、左胸へ掌をあてがって跪《ひざまず》く。

「ルルスの調子はどうだ？　ほら、勉強を頑張ってるいい子に陣中見舞いだ」

こちらに歩み寄ってきながらラナイズがものを放る素振りをすると、七星はとっさに手を広げて受け取る準備をした。投げてよこされたのは、みずみずしいマルムの実だ。

酸味の強いマルムの実はこのまま齧りつくことは難しいけれど、ジュースや、輪切りにしたものを甘く漬けてもらうのが七星のお気に入りだ。

「陛下、様子を見にいらっしゃるのが早すぎます。まださわりほどしか……」

苦笑を禁じ得ない先生の様子に、ラナイズが片眉を跳ね上げる。七星はその様子に思わず笑ってしまった。

「ラナイズ、お願いがあるんですけど」

笑われていることにも納得がいかない様子のラナイズにひとしきり笑ってから、七星は切り出した。

お願いと言われるとラナイズが目に見えてぱっと表情を明るくする。そのまま抱きついてきそうな勢いさえ感じた。

「なんだ？　可愛い弟の願いなら何でも叶えてやろう」

「あの、僕、町に行きたいです」

先生に頼んでも結局はラナイズの許可を得なければ町に行くことはできないだろう。

それに七星一人ならば許してくれなくてもラナイズの認めた魔導師が一緒ならばきっと平気だという確信があった。

授業の一環だと説明することになるけれど、それだって別に嘘というわけじゃない。魔法の勉強だってしたいし、その力を使ってルルスがどんなふうに民と接していたのか知りたい。

純粋にアルクトスの町を見たいという気持ちもある。

ラナイズが統治する国の様子をもっと間近で見てみたい。

七星がそう続けようとした時――空気が、ざわついた。

「何を言ってる？」

さっきまで太陽のように朗らかだったラナイズの表情が翳り、険しくなる。

「え？」

何かおかしなことを言ってしまったかと七星が先生を盗み見ると、彼女もラナイズの豹変《ひょうへん》ぶりに戸惑っているようだった。

「陛下、ルルス様は魔導を学ぶために、町へ降りて実践を用いた――」

「駄目だ」

まるで、氷の刃でも振り下ろされたみたいだ。

さっきまで陽気だった魔導師も言葉を噤んでしまっている。

「でもルルスは町に出て民を癒やしたりしてたって――……僕はまだ魔法を使えないけど、町の様子を」

「ルルスが町へ？　馬鹿なことを。そんなことをお前に吹き込んだのは誰だ？」

尋ねながら、ラナイズの視線は魔導師に向いている。

七星はさっと背筋が冷えるのを感じて、椅子を立ち上がると先生の前に飛び出した。

「僕が、聞いたんです。ルルスは町で民のために魔法を使っていたって……」

一度七星は口を噤んで、唾《つば》を飲み込んだ。

緊張をほぐして喉を潤わせようとしたけれど、口の中がからからに乾いていてその効果は少しも得られなかった。

「――もしかして、ラナイズは知らなかったんですか？」

知らず、声が震える。

事実であるにせよそうじゃないにせよ、ラナイズを傷つけることなのかもしれない。だけど尋ねずにはいられなかった。

瞬間、ラナイズから熱風が吹いてきたような気がした。

覇気、というものかもしれない。あるいは怒気か。眉間《みけん》に深い皺を刻んだラナイズの激昂《げっこう》を目のあたりにするのは二度目だけれど、以前よりもずっと恐ろしい。膝が笑って、立っているのがやっとだ。

「貴様、ルルスに何を吹き込んだ！」

「僕が聞いてるんです！」

七星を飛び越えて魔導師に声を荒げるラナイズに負けじと、夢中で言い返す。

七星の背後で蹲《うずくま》るように頭を下げた魔導師が小刻みに震えているのがわかる。

「失礼ながら、陛下。私は町の人間に聞いたことをルルス様にお話し致しました。それは、ルルス様がお姿を眩《くら》ませる一年ほど前から町へ降りて民のために魔力を使っていたという話でございます。私がこの目で見たわけではありませんが、町では誰もが知っていることかと――」

一年前、とつぶやいたのが七星なのかラナイズなのか知らない。

ラナイズがつぶやいたのだとしても、七星も同じようにそれを繰り返していた。

ラナイズは本当にルルスが町へ降りていたことを知らなかったみたいだ。

隠れて行っていたとしたらどうしてなのか、それは彼が失踪《しっそう》したことに関係があるのか――関係がないと思うほうが無理があるような気がする。

ラナイズの動揺が、空気を通して七星まで伝わってくるようだ。

「わかった。今日のところは出て行け。追って、沙汰《さた》を告げよう」

「ラナイズ！」

魔導師は七星をそそのかそうとしたわけでも、ラナイズを傷つけようとして言ったわけでもないのに。そんなことで罰を与えられるのはおかしい。

七星は非難の声をあげたけれど、魔導師は失礼しますと短く答えると次の瞬間には煙のように姿を消した。

これが転移魔法というものなのだろう。

こんなに早く姿を消せるなら、ルルスだってラナイズの目につかないように町へ行くことも簡単だったに違いない。ますます、嫌な予感が的中していくような気がする。

魔導師が去ったあとの書斎に、痛いほどの沈黙が流れる。

ラナイズが七星とふたりきりでいて、こんなに緊張したことは今までなかった。

「……ラナイズ、ルルスは亜人が好きだって言われているのを知ってますか？」

いつまで待っても押し黙ったままのラナイズに、思いきって七星は口を開いた。

さっきもらったばかりのマルムの実を両手でぎゅっと握りしめる。

ラナイズは口を噤んだままだ。

七星だってルルスのことなんて知らない。会ったこともないんだから。だからこそ、ラナイズの知っているルルスを知りたいし、ラナイズの知らないルルスを知りたいし、ラナイズに教えたい。

ラナイズがどれだけルルスを大事にしているか、身をもって知っているからこそ。

目を背けないで欲しい。

ラナイズはそんな人ではないと、信じているから。

「ラナイズ――」

「俺はルルスに町へ降りるのを禁じた覚えはない」

七星が言い募ろうとした矢先、ようやくラナイズが重い口を開いた。

低く、唸るような声だ。

「ただあいつが他人に関心を持たなかったから、町へ出る気がなかっただけだ」

そう言って、ラナイズは小さく息を吐いた。

ラナイズもわけがわからないのかもしれない。自分が信じていたルルスに裏切られたような気がしているんだろう。七星だってわからない。ルルスが何を考えていたのか。だから、知りたい。

「べつにラナイズを疑っているわけじゃありません。でもルルスになにがあったのか――どうして町へ出る気になったのかとか、町でどんなことがあったのかとか……それから行方を眩ませたわけも、僕ならわかることがあるかもしれないと思って……だから、町へ」

おそるおそるラナイズへ歩み寄る。

ラナイズなら、話せばわかるはずだ。今までだってそうだった。ラナイズは七星の話を聞いてくれた。

今回だってそうだと思った。

結局いつもラナイズは七星に甘い。それは、七星をルルスだと思っているからこそだ。

七星がこの右も左もわからない異世界でこんなに安心して暮らしていけているのだってラナイズの

おかげで、それはラナイズのルルスへの愛情を利用しているも同然だ。

だから、少しでもルルスを見つけ出す手がかりで返したい。

七星が魔法を使えたというだけでラナイズはあんなに喜んでくれたのだから、ルルスの居場所に関する手がかりがもし見つかれば、もっと喜ぶに決まってる。

その時は、七星がルルスではないとはっきりわかってしまうだろうけれど。それでも、七星がラナイズにできる恩返しといえば、それしかない。

切実な気持ちで七星がラナイズのそっぽを向いてしまった顔を窺うと、その苦い表情に笑みが浮かんでいた。

思わず七星の足が止まる。

「――……まるで他人の話みたいに言うんだな」

「！」

だって七星にとってルルスは他人だという言葉が喉まで出かかって、なんだか泣きたいような気持ちになった。

もしかしたら七星が自分はルルスだと言い張ってルルスのふりをしていれば、ラナイズはそれが一番幸せなのかもしれない。

本物のルルスが現れるまでの間、もしかしたら一生、ラナイズに七星と呼ばれることもなく自分はルルスだと思い込んでいればラナイズを傷つけないで済むのだろうか。

そう思うと、その場で崩れ落ちそうな気持ちになってくる。

思わず言葉を失って立ち尽くした七星に、ラナイズはもう一度小さく息を吐いて首を振った。

「とにかく、駄目だ。町へ出ることは許可できない」

ラナイズの心が、目の前でぴたりと閉ざされてしまったように感じた。

これ以上入っていくこともできないし、出て行くことも許されない。

ラナイズ、と声をあげても聞き届けてもらえないような気さえした。でも、そんなはずはない。ラナイズが七星の声を聞いてくれなかったことなんて一度もないのに。

「明日から見張りを増やそう」

「ラナイズ！」

冷酷な言葉に息を呑んで、声を張り上げる。

今まで見張りなんて言葉を使われたことはなかった。ルルスは記憶が混乱しているから、生活に困ることがないようにと女官をつけてくれていただけで見張りだなんて言われたことはなかったし、それも最近は彼女たちの姿を見かけるほうが珍しくなっていた。

それなのに。

ラナイズは今はっきりと、見張りと言った。

悲しめばいいのか怒ればいいのか、よくわからない感情がぐるぐると胸を焼いている。

「宮殿の外に出て、もしまたお前の身に何かあったらどうする。俺は再びお前を失うことなど耐えられないぞ」

「だから、それは――」

七星がルルスと似ていることで、皇子に良からぬことを考える者がいないとも限らない。だからこそ七星は自分が囮《おとり》になってでも、ルルスの居場所を突き止めるきっかけになれればと思った。それは七星にしかできないことだから。

だけど魔導師の先生が一緒についてきてくれると言っていたし、そうでない時ならば騎士を一人同行させてもらえないかとラナイズに相談するつもりだってあった。七星だって、進んで危険な目に遭いたいわけじゃない。

それなのに、頭ごなしに否定されるなんて思っていなかった。

「俺がどれだけお前を心配してると思ってるんだ！」

「ラナイズが心配してるのはルルスのことじゃないか！」

再び声を荒げたラナイズに、思わず七星も怒鳴り返してしまった。

胸の中が、怒りや悲しさでいっぱいになって、抑えきれない。

マルムの実を握りしめて、声を震わせる。泣き出しそうになるのを堪えながら、ラナイズに気圧されないようにまっすぐ見据える。

「……僕は、ルルスじゃない」

抑えた声はまるで泣き声のように滲んでしまった。

自分がルルスだったなら、ラナイズのところに戻ってくることができて嬉しいと思っただろう。またはぐれてしまわないようにと願ったかもしれない。

だけど、七星はルルスじゃない。

ラナイズがこんなに大事に思っているルルスじゃない。

だから、ラナイズにルルスを会わせてあげたいと、そう思っただけだ。

ルルスがもし見つかれば、引き換えに、七星はもうここにはいられなくなる。それでもラナイズが望んでいるのはルルスとの再会だとわかっているから。

「――……」

ラナイズが言葉をなくして、一度開いた唇を噤み、視線を伏せた。

七星がルルスであることを否定するたびに見せるあの愕然とした表情だ。

勝手に人違いをしておいて、それを指摘するたびに悲しい顔を見せるなんてずるい。

間違ったのはラナイズなんだから、悲しもうがショックを受けようが七星の知ったことではないはずなのに。

また沈黙が訪れた書斎の空気に耐えられなくなって、七星は机を押しやるように離れるとラナイズの横を過ぎて走り去ろうとした。

「ナナセ！」

通り過ぎ様、腕を摑まれて引き寄せられる。

反射的に振り払おうとしたけれど、ラナイズの手は強く食い込んで離れなかった。

それでも泣き出してしまいそうな顔を見られたくなくて肩をばたつかせると、ラナイズの大きな掌に顎を摑まれた。

「！」

唇に、ラナイズの吐息がかかる。

驚いて目を瞠った七星の視界いっぱいに、瞼を閉じたラナイズの顔があった。

七星の腕や顎を摑んだ手も、合わせた唇も震えている。

熱い唇が七星のそれを貪《むさぼ》るように一度結び直されたあと、やがてゆっくりと離れていく。

時間が止まったような、ひどく長い時間に感じられたけれど、一瞬のことだったのかもしれないという気もする。確かめる術はない。

微かな水音とともに唇が離れた後、ラナイズはゆっくりと瞼を開いて——顔を逸らした。

痛いくらいに摑んでいた七星の腕を乱暴に離して、踵を返す。

「……宮殿の外に出ることは許さない。いいな」

ぽつりと、引き絞るような声でただそれだけを残してラナイズは七星に背を向けてしまった。

あとに残された七星が呆然としたままその場にへたり込むのを待たず、その背中は扉の外に消えていった。

＊　＊　＊

翌朝、七星が目を覚ますと窓の外には雨が降っていた。

この世界の雨は、甘い香りがする。七星がそれを知ったのはいつだっただろうか、もう覚えてない。

しとしとと石畳を打つ雨の音は日本のものと変わらないのに、屋外から漂ってくる雨の香りに七星はベッドの上でため息を吐いた。

最近じゃ朝のたびに女官が着替えを運んでくることはなくなった。

それも、七星は俺にしか着替えさせないんだとラナイズが自慢気に言いふらして、女官を遠ざけたからだ。

毎朝着替えを固辞するのは申し訳ない気持ちにさせられていたから助かったといえば助かったし、だからといってラナイズに好き好んで着替えさせてるというわけでもない。毎日そうしていたわけでもない。

七星は雨の音だけが聞こえる部屋で、もう一つため息を吐いた。

この空模様では今日の朝食は庭園で食べることはないだろう。

ラナイズと二人で顔を合わせる必要がないのは、今日ばかりは助かった。

昨日のラナイズのキスは一体何だったんだろう。

あのあと書斎からこの部屋までどこをどのように歩いて帰ってきたかも覚えていないし、なんだかひどく疲れてしまってベッドに横になったものの、結局夜明け近くまで寝付くことはできなかった。

夕食を食べ逃してしまったけれど、不思議とお腹は空いていない。

もしかしたら熱でもあるのかもしれない。それなりに順応しているつもりではいたけど、緊張もしていたし。食べるものだって初めて口にするものばかりだった。

枕元に置いたマルムの実を横目に見て、七星は再びベッドに突っ伏した。

唇に、まだラナイズの感触が残っているようだ。

今まで頬にも額にも耳にも口付けられたけれど、やはり唇は特別だ。

ラナイズにしてみたらいつもと同じ家族に対する親愛の情だったのかもしれないけれど、それならどうして逃げるように出て行ったりしたんだろう。

それにあの時はそんな雰囲気でもなかった。

むしろラナイズは怒って――怒っているから、出て行ってしまったのか。

「……勝手に怒られたって、知らないよ」

七星は顔を埋めた枕の端を強く摑んで、つぶやいた。

どんなにラナイズが強く望んだって、七星がルルスになれるわけじゃない。

七星だって望んでそうなれるくらいなら――……

「ルルス様、朝食のご支度を」

その時、部屋の扉をノックする音が響いて年配の女官の厳しい声がした。

「……ラナイズは、もう待ってますか？」

扉の外の女官におそるおそる尋ねると、帰ってきたのは事務的な、簡素な答えだった。

「陛下はすでにご朝食を済ませ、ご政務室に。ご用事でしたら取り次ぎますが」

「いい、いい！　……すぐに広間に行くよ」

慌ててベッドから半身を起こすと、七星は昨日からずっとじくじくと疼くように痛む胸を押さえて声をあげた。

今までラナイズが先に朝食を済ませてしまうことなんてなかった。

急ぐ政務があれば、朝の鍛錬の時間を費やしてそれを済ませてから七星の時間に合わせて朝食にしてくれた。

きっと七星が一人で給仕たちに囲まれていたら食が進まないからそうしてくれていたのだろう。そうでなくても、今日はろくに食べる気もしないけれど。

やっぱりラナイズは怒ってるんだろうか。

七星は押し潰されるような気持ちを抱え込むようにして、ベッドの上で膝を抱えた。


「はぁ……」

雨の日が憂鬱《ゆううつ》なのはどんな世界でも一緒だ。

小雨が舞っている庭園をテラスから眺めて、七星は今日何十回目かのため息を吐いた。

宮殿はこんなに静かだっただろうか。

今日は庭園に庭師も小鳥もいないし、騎士団の姿もない。そのせいで殺風景な景色に見えてしまうのかもしれない。

あるいは、いつも政務の間を縫って隙あらば七星の様子を見に来るラナイズの顔を今日まだ一度も見ていないからだろうか。

今にして思えば、あれは七星を監視していたのかもしれない——とも思う。

女官をつけていたのだって、七星が逃げ出そうとでもすればすぐに人を呼べるように。

なんて、考えすぎか。

そもそも最近は女官も七星にずっとついていたわけではないし、もし誰かが遠くから監視していたとして――それこそエルロフと話していたところへタイミングよくステラが現れたように――だとしても、ラナイズは悪意を持って七星を軟禁しようとしていたわけじゃない。七星をルルスだと思えばこそ、危険な目に遭わせないようにと思ってのことだ。

それこそ、七星はルルスが行方不明になってからラナイズがどれだけ苦しんだかなんて知らない。七星に父親はいないけれど、父親の思い出もなければ家族が生死も不明の状態で行方不明になったこともない。

まして、ラナイズのルルスへの溺愛ぶりは身をもってよく知っている。

ラナイズの心配はいつも行き過ぎだけれど、それだけ大切に思っているということだ。

それを、怒鳴り返すなんて。

「～～……っ」

喉の奥でうなり声をあげて、頭をかきむしる。

宮殿の外に出るなというのはたしかに横暴だけれど、スタヴロスや亜人の国には連れて行ってくれると言ったラナイズの言葉だって本当だろう。

七星をここから一生出さないという意味じゃない。

だって、将来はアルクトスを任せるとまで言ってくれたんだから。――それはルルスに対してだけれど。

結局、そういうことだ。

理不尽なまでに心配するラナイズが見つめているのはルルスでしかない。七星はそれに、苛立ったんだろう。

「……謝らなきゃ」

つぶやいた声は自分でも驚くほど涙声に似ていたけれど、ラナイズだって昨日傷ついた顔をしていた。

謝って、ちゃんと話さなくちゃ。

一緒にルルスのことを考えたい。そうすればルルスが今どこにいるのか手がかりが見つかるかもしれない。

ラナイズには、七星がルルスではないという事実を受け入れてもらわなくてはいけないことになるけれど——その事実は、七星のことをも傷つけるけれど。

それでも、今はただラナイズの顔が見たい。

七星は濡れた庭園に背を向けてテラスを立ち上がると、近くでうたた寝をしている女官をそのままに勢いよく廊下へ駆け出した。

政務室は確か、宮殿の二階の中央だ。庭園が一望できて一番陽当りのいい場所だと以前ラナイズが言っていた。

用もなければ訪ねて行ったことのない部屋だけど、今はひと目でも——ゆっくり話せるのは後になったとしても、ラナイズに会って、昨日はごめんなさいとだけ伝えたい。

一度そう思うといてもたってもいられなくなって、七星の足はスピードを増した。

長い廊下を駆け抜けていく七星の姿に通り過ぎる宮廷人が驚きの表情で振り返る。

皇子としてはひどく行儀が悪いんだろう。ルルスは体が丈夫じゃないとも聞いていたから、そういう意味でも驚かれているのかもしれない。

それでも止まることができなくて、七星は走った。

目の前に人影が飛び出してきたのは礼拝堂に繋がる廊下に差し掛かった時だった。

「あ、っ!」

危ない、と思った時には目の前が真っ暗になって、どっと鈍い感触が鼻面に打ち付けた。

「申し訳ありません」

頭上から驚いたような声があがった。

七星は鼻を押さえたまま、大丈夫ですと首を振ってその人の顔を仰いで――目を瞠った。

「ステラ……さん」

礼拝堂から出てきたのは、すでによく知った顔である赤髪の騎士団長――ステラだった。

中庭で会ったきりだ。

反射的に七星の背筋に冷たいものが走って、頬が強張る。

「これは、ルルス様。そんなに急いでどちらへ?」

胸に手をあてて恭しく頭を下げたステラの温厚な声音は相変わらずだ。騎士団の訓練に快く参加させてくれた時の優しさを思い出すには十分すぎる。

瞬間的に緊張を覚えた七星は胸中で首を振って、自分の狭量を戒めた。

亜人に対する考え方が違うというだけで、ステラは悪い人なわけじゃない。

ステラの亜人を嫌うところは理解できないけれど、自分が受け入れ難いものから七星を遠ざけようとしてくれたのは好意であると考えることもできる。

「急に飛び出したりして、すみません。ちょっと政務室に急いでいて……」

「政務室へ？」

それでも無意識にステラから距離をとって頭を下げると、政務室の方向はこっちで合っているかと尋ねようとして七星はぎこちなく笑みを浮かべようとした。

だけど、見上げたステラの目にはやはり底冷えのするような暗さを覚えた。

ぎくりとして、思わず口を噤む。

「陛下に御用でしたら、私がお伝えしましょうか」

「いえ、あの――」

「それとも、私などには言えないようなお話が？」

どうしてこんなにステラを恐ろしいと感じてしまうのかわからない。

一度苦手意識を持ってしまったせいかもしれないし、それにしてもステラもなんだか突っかかるようなものの言い方だ。もしかしたら七星がステラを苦手かもしれないと思うように、ステラも七星のことを得意には思っていないのかもしれない。

それもそうだ。

訓練に参加をさせればラナイズに首を刎ねられそうになるし、亜人と接するなと忠告をすれば怯えたように逃げ出したりするのだから。

考えてみれば、ステラには相当失礼なことをしてしまったような気がする。

「……そんな大した用事ではないので、大丈夫です。それよりも先日はすみませんでした」

こういうのは先に謝ってしまったほうが気が楽だ。

七星はクラスメイトと衝突してしまった時のことを思い出しながら、勢いよく頭を下げた。

「先日？　中庭でのお話でしょうか、それとも私が陛下に斬られそうになったことですか？」

頭上から氷のような冷たい囁き声が聞こえてきて、七星は飛び退くようにして顔を上げた。

一瞬、ゾッとして目の前が真っ暗に染め上げられるようだった。

顔を上げるとそこは明るい宮殿の廊下で、少ないけれど部屋を行き交う女官たちの姿もチラホラと見える。だけど七星は背中にびっしょりと冷たい汗をかいていた。

ステラは微笑んでいる。

まるで仮面でも貼り付けたかのように。

「両方……です。あの、本当に僕――」

急いでいるのでと続けようとした時、ステラの腕がぬるりと伸びてきて七星は思わず身を引いた。

日常的にあの重い剣を振って鍛えられているステラの腕は逞しく、身長があるぶんリーチも長い。

その大きな掌に肩を摑まれそうになると過剰に反応してしまった。

「私のような下々の者にまで頭を下げていただいて、恐れ多いことでございます。ルルス様は、皇子でいらっしゃるのに」

なんだろう、ステラの声までもが取ってつけたように聞こえる。

中庭で会った時からそうだ。

自分はルルスではないと繰り返し主張していたのは七星の方だけれど、ステラが七星をルルスと呼ぶたびにその声が見下しているような響きを帯びているように感じる。

「政務室へご案内いたしましょう」

七瀬へ伸ばした手で宙を掻いたステラが、首を竦めるように苦笑して踵を返した。

「え？　でも――お忙しいんじゃないですか？」

「いえ。礼拝堂に寄るついでです」

こちらですと促したステラについていかない理由を、見つけられない。

ステラが七星を快く思っていないとしたら、それは首を刎ねられそうになったことも中庭で失礼をしたせいもあるけれど、七星が皇子なんかではないのにそう扱わなければいけないということへの不快感もあるのかもしれない。ステラが七星の言うことを信じてくれているとしたら、当然のことだ。

ルルスの生き写しだというだけで、どこの誰とも知れない七星に無礼を働けばまたラナイズの不興を買うだろう――なんて、もし自分がステラの立場だったらおもしろくないだろう。騎士としての誇りがあればなおさら。

国を護るという尊い役目のために命を捧《ささ》げているという誇りある騎士団のステラだからこそ亜人を排除しようとするのだとしたら、七星だって同じように見下されるのも肯ける。

「あの……――本当に、すみません」

広い廊下の先を歩くステラの背中から視線を伏せて、七星は改めてつぶやくように謝った。

乳白色の廊下は鏡のように磨きこまれて、うつむいた七星の顔が映り込むほどだ。

窓からの陽当りが良くなるつれて、行き交う従者の人数が少なくなっていく。政務室など、身分の高い人間しか立ち入れない部屋が近付いている証拠だろう。

本来なら、七星だって立ち入るべき場所ではないはずだ。

「ルルスに似ているというだけで僕は皇子でもなんでもないのに……ステラさんにはご迷惑をおかけして」

数歩先でステラが足を止めた気配を感じて、七星は顔を上げた。

七星を振り返ったステラの表情は読めない。

そういえばジレダの町で七星に馬を用意しろと命じられたステラはこんな顔をしていたような気がする。

「あの、……でもラナイズにちゃんと説明をして、わかってもらうつもりです。ルルスさえ見つかれば僕が偽物だってこともはっきりするはずだし――だから僕、ルルスを探しに行く許可を」

「最近、魔導の勉強をしていらっしゃるとか」

「え？」

唐突に話を逸らされて、七星は大きく目を瞬かせた。

七星が進んでルルスのふりをしているわけではないと説明したつもりなのに。

それとも、何の才能もない凡人が魔導の勉強などするだけ無駄だというつもりだろうか。まったくその通りだ。七星は曖昧《あいまい》に肯いて、また顔を伏せた。

「ルルス様は、それは絶大な魔力を持っておいでです。――あなたにも、それが？」

「！　いえ、僕は全然」

やっぱりステラは七星がルルスじゃないとわかってくれている。

ステラはだからこそ不快な思いをしているのだろうし、喜ぶようなことではないのかもしれないけれど。思わず身を乗り出すと、予想外にもステラの表情が曇った。

首をひねり、手袋を着けた指先で顎を撫でる。

「そうでしたか。……おかしいですね。ルルス様はあなたにも魔力があるはずだと仰っていたのに」

演技がかって見えるほど大袈裟な仕種で訝しがるステラの視線に頭の先からつまさきまで見つめられて、七星はしばらく身動きが取れなかった。

耳を疑う。

「――……え？」

呼吸も忘れて、ようやく絞り出した声は掠《かす》れてしまった。

「あなたとルルス様は世界を隔てた鏡のようなもの。ただお姿が似ているというだけではなく、対の存在だと」

「待っ……え？　ステラさ……何を、言って」

自分が誰の目から見てもルルスに似ていると言われるのは何故なのかわからなかった。

だけどそれがまるで当然のことであるかのように――ルルスが言っていた？

混乱で頭が真っ白だ。瞬《まばた》きも忘れてステラに見入る。

「もしかしてルルスの居場所を、……ご存知なんです、か？」

パニックに陥りながら、七星には早くラナイズにこのことを伝えなくちゃという焦りを覚えていた。ルルスが七星のことを知っている理由なんてどうでもいい。ラナイズは、ルルスが無事に帰ってきてくれさえすればどんなにか喜ぶだろう。七星を抱きしめて声を震わせたように。

「――……、」

本物のルルスとラナイズの対面を目のあたりにするかもしれないと思うと胸を真っ黒に塗り潰されるような気持ちになるけれど、この際七星の気持ちなんて関係ない。

ぎゅっと拳を強く握りしめて、七星はステラに詰め寄った。

「ルルスのことを知っているなら、教えて下さい！」

「構いませんよ。ルルス様もあなたを歓迎するでしょう」

思いのほかあっけなく言ったかと思うと、ステラは七星の肩に手を伸ばしてやんわりと――しかし有無を言わさない強さで、廊下の先へ促した。

「歓迎……って、あの」

ルルスを宮殿に呼ぶわけにはいかないのだろうか。

七星が戸惑いながら仰ぐと、ステラは今までになく穏やかな微笑みを浮かべていた。

黙ったままのステラに、今は付き従うしかない。廊下を曲がり、真っ白でアーチ型のシンプルな扉へと向かっていく。重々しい音を立てて開いたその部屋は、――礼拝堂だった。

礼拝堂の中は天窓から光がさして、この国の神の形であるムンドを照らしていた。

それ以外に照明はないのに、室内は青白く明るい。

ムンドを囲むように長椅子がいくつも置かれて、ムンドが奇跡を起こしたと言われている日にはそれがいっぱいになるのだとラナイズに聞いたことがある。

ムンドのことをよく知らない七星が彼――あるいは彼女に祈るのはなんだか悪い気がして、礼拝堂に来たのはこれが二度目だ。

「ステラさん、あの――……ルルスは」

礼拝堂に入るなり、ムンドに手を合わせ始めたステラに、七星はおそるおそる声をかけた。

早くラナイズにルルスのことを伝えたい。

だけど礼拝堂の冷めた清浄な空気に触れたことで、少し七星も冷静さを取り戻してきていた。

どうして、ステラはルルスのことを真っ先にラナイズに報告しないのか。

その理由を考えると怖い想像が首を擡《もた》げてきて、七星は礼拝堂の扉の前から動けずにいた。

「……あなたを何とお呼びしたら？」

ムンドに向けて閉じられていた瞼をゆっくりと開いたステラが、七星を振り返って立ち上がる。

「七星、……天海七星といいます」

「ナナセ様」

ステラは静かに肯いて、腰に提げたサーベルを握った。

「ナナセ様はアルクトスという国をどのように感じられましたか？」

「え？　……えっと、僕は宮殿を出たことがないし――……それに、ジレダの市を少し見たきりで、あんまり」

この世界の他の国と比べてアルクトスがどうかということは、七星にはわからない。

妙に恥ずかしくて七星がしどろもどろになって答えると、ステラが小さく首を竦めた。

「では質問を変えましょう。ラナイズという男についてどのようにお考えですか？」

ステラの細い眼の奥が、冷たく光ったように見えた。

「え？」

ラナイズを陛下と呼ばない人間を、七星はこの宮殿内では自分以外に知らない。

それも、ステラは騎士団長だ。年齢はステラのほうが年配に見えるけれど、それでも自分が仕える君主を呼び捨てにする騎士というのがいるのだろうか。

七星は疑問に思いながら、首をひねった。

「ええっと……それは、どういう意味でですか？　この国の王様として？　それともルルスの――」

「あの男は王ではありませんよ？」

ステラの冷徹な声に遮られて、七星は知らず背筋を震わせた。

またあの眼だ。

ステラの瞳の中に深い洞穴のような暗がりが広がっている。七星は視線をさまよわせた。

「あ、すみません。ええと――」

たしかアルクトスは公国だから、国王ではなくて君主で、階級としては伯爵だ。七星は緊張する胸を抑えながら必死で頭を巡らせて、ステラを怖いと感じてしまう自分をごまかそうとした。

「ラナイズは私の祖国を奪った男です」

「！」

驚いて顔を上げると、ステラが七星に向かって歩み寄ってきた。

思わず後退る。

「祖国……？　でもあの、騎士団はアルクトスに由緒ある人間だけだって、ステラさんが」

「ええ。私の血脈は古くからずっとこの地で受け継がれてきました」

左胸に掌をあてがうステラが、束の間視線を伏せる。その隙に逃げ出したいような気持ちに駆られて、七星は拳を握りしめて堪えた。

この場を立ち去るわけにはいかない。ルルスについて、どんな手がかりでもいい。知りたい。

「――ラナイズがこの地に来るよりも、ずっと前からです」

地を這うようなステラの声に、一瞬自分の耳を疑った。精悍なステラの声には聞こえなかった。

驚いてステラの顔に目を瞠ると、再び七星に向けられた目が静かな炎を湛えているように見えた。知らずのうちに後退した七星の背中が、礼拝堂の冷たい壁に行き詰まる。

ステラが、サーベルの柄をぎゅっと握りしめた。

「私は騎士ですが、ラナイズを護ると心に決めたことは一度もない。私はただ、この国のために戦うだけです。おわかりになりますよね？　他国からいらしたナナセ様なら」

「え……ええと、僕はそういうことは、あまり」

上ずった声をあげてごまかしたものの、ステラのラナイズに対する不忠とも思える言葉を聞いてどんな顔をすればいいのかもわからない。

このことをラナイズに話したら、ステラは騎士団から外されてしまうだろう。それが良いことなのか悪いことなのかも知らない。

少なくともステラはラナイズに対して不信感を抱いている。七星の脳裏には、剣を振り上げたラナイズの前で項垂《うなだ》れたステラの姿が浮かんでいた。

「あの――ラナイズはちょっと行き過ぎたところのある人だと思いますけど、でも悪い人というわけではないんです、話せばきっと……」

「ええ、ルルス様の話なら聞いてくださるでしょう」

「え？」

自分のことを言われたのかと思って、思わず顔を上げた。

そこには七星を冷たく見下ろしたステラの冷たい顔があった。

「ラナイズの手綱を握れるのはルルス様ただお一人です。――あなたではない」

言葉の刃で胸を貫かれたような気がして、七星は一瞬呼吸を忘れた。

もちろん、その通りだ。

七星はラナイズの何でもない。弟でもなければ知り合いでもない。同じ世界で生きてきたわけでもないのだから、赤の他人もいいところだ。

「あ……の、もち、ろんです。べつに僕はみなさんを騙そうだ、とかそういうこと……思っていたわけじゃ、なくて」

思うように言葉が出てこなくて、鼻の奥のツンとしたものを堪えていると唇がぶるぶると震え始める。

七星はシャツの胸を握りしめて、目を瞑った。そうしていないと涙が滲んできてしまいそうだった。

「だから僕は、本物のルルスを探しだそうと、思って――」

「ルルス様なら、我々の基地に御座《おわ》します」

えっとあげた声が掠れた。

ルルスが無事で、いる場所までわかるとは期待もしていなかった。

それなら早く宮殿に連れて来てあげたらいい――とは、言えたものじゃない。

君主に忠誠を誓うはずの騎士団長自ら匿っていたとなれば。匿う――いやたぶんこの場合、拉致《らち》といったほうがいいだろう。

七星は自分の血が下がるのを自覚した。

「あ、の……ステラさん」

「ルルス様は祖国を踏み躙《にじ》られた我々の気持ちを理解してくださいます」

ステラの唇が弛緩したようなうつろな笑みを浮かべ、頬は興奮で上気している。

七星は眉を顰めて、背中を押し当てた壁沿いにゆっくりと扉へ移動した。じりじりと、ステラを刺激しないような速度で。

「ルルス様こそ、ムンドの意思を受け継ぐ我々の王に相応《ふさわ》しいのです。ナナセ様、あなたにもわかるでしょう？　ラナイズなど君主の器ではないと！」

「！」

扉に向かおうとする七星の足が硬直して、思わずステラを睨《にら》みつける。

ラナイズが君主の器ではないと、ステラははっきり言った。

この国のことは七星にはわからない。祖国を奪われたというステラの気持ちも。だけど、ラナイズを非難されると胸の奥がじわりと熱くなった。

「あの男が来てから、この国は変わりました。亜人のような汚らわしい者を進んで雇用するから、亜人どもが図に乗って連合国家を作ろうなどとするのです。あんなできそこないの作った国家などが我々と肩を並べようなど、虫酸《むしず》が走る」

七星の脳裏にエルロフや、宮殿で働く亜人の従者の顔が過ぎると思わず拳が震えた。

亜人に対する捉《とら》え方の違いなんて、生易《なまやさ》しいものじゃない。できそこないだなんて、ステラに言われる筋合いはない。

「――……ルルスも、そう言ってるんですか？　彼は、亜人が好きなようだって……」

エルロフが言っていた。

だけど亜人がそう言っていただなんて言えばステラがまたどんな侮辱を口にするか知れない。

心の中でエルロフに謝りながら、七星は言葉を飲み込んだ。

「ルルス様が亜人を？」

ふつふつと沸き上がってくる怒りを堪えた七星を見下ろしたステラは上ずった声で言った後、すぐに高らかに哄笑《こうしょう》した。

突然大きな笑い声をあげられたものだから七星はみっともないくらい肩を震わせて、まるで気でも触れたようなステラの笑顔を見上げた。

「……ああ、失礼しました。ルルス様が亜人をお好きだなんて、とんでもないご冗談を仰るので、つい」

「冗談なんかじゃ――」

「あの方が町に出て積極的に亜人と接していらしたのは、亜人がいかに愚かで有害で、我が国にとって必要のない存在だということをよく知るためです」

「……！」

まさか。

七星は眉を顰めて、ステラの嘘にぎこちなく首を振った。

その結果としてルルスがステラの考えに同意したんだとしたら七星には理解できない。

ステラに吹きこまれたのではなく実際に亜人と接してみれば、亜人も自分たちと何ら変わらないということがわかるはずなのに。

あるいは自分の身に危害が加えられないように耐えているのだろうか。

そうであって欲しい。

そしてその作戦が功を奏して、今も無事でいることを願わずにいられない。ラナイズの大切な弟だから。

「ナナセ様はご存知ないかもしれませんが、この世に亜人の魔導師というものは存在しません。魔導師と亜人の間に産まれた子供は魔導師の血を受け継ぐことはないのです。それこそが、ムンドの移ろわざるご意思でしょう」

ゆるく腕を広げたステラの掌が、礼拝堂の奥に坐す神の偶像を指した。

もしそれが本当にムンドという神の意志なのだとしたら、申し訳ないけれど七星は崇拝する気にはなれない。

「神聖なる魔術をあんな男が操ろうなど、ムンドへの冒瀆《ぼうとく》もいいところです。攻撃魔法など魔導師への背信行為そのもの。まだ幼いルルス様をスタヴロスに御座す母君様から無理やり引き離してきたのも、自分が魔法の後ろ盾を得たいがためでしょう。愚かな男です」

「僕は、そうは思いません」

どうしても、黙ってはいられなかった。

ステラに同意していればルルスに会えたのだとしても。ラナイズの隠れた努力も知らない人間に、神への冒瀆だなどと言われたくない。

まるで自分を侮辱されたように拳が震えて、七星はステラに詰め寄った。

「ステラさんの祖国がどうとかラナイズが今までしてきたこととか、僕は知りません。だからラナイズが悪くないなんて言えないけれど、あなただってラナイズのことを何も知らない。お互い様です。

それなのにルルスを拉致するような真似をして――ただで済むと思ってるんですか？」

ラナイズがどれだけ心配したかを思えば、ステラの極刑は免れない。

ラナイズが間違っていると思うなら本心を隠して騎士団に隠れるような真似をせず、正面からラナイズに意見をすればいいだけだ。ラナイズはそれを受け止めきれる君主だと思う。

七星は目の前の歪んだ笑みを浮かべたステラへの嫌悪が募って、勢いよく踵を返した。顔も見ていたくない。

ステラがルルスを浚ったようだと、ラナイズに報告すれば後はいくらでも探しようがあるだろう。ことは一刻を争う。踵を返した七星は、ステラから逃げ出すように駆け出した。

扉を出て少し走れば、政務室はすぐだ。

「拉致ではありません」

「っ！」

駆け出してすぐに、ステラのざらついた掌で腕を摑まれた。いや、駆け出すことすらできなかった。ステラは騎士だ。七星が走り出そうとしていたことくらいわかっていたのかもしれない。

とっさに腕を振り払おうとしたけれど、指が腕に食い込んで骨が軋む音を立てる。

「イ、……っ！」

思わず痛みに顔を顰め、身を捩る。

ステラがその気になりさえすればこのまま腕をへし折ることだって簡単なのだと力で示されているようで、背中に冷たい汗が流れた。

「ルルス様は我々の訴えを聞き届け、同調してくださっています」

「閉じ込めて、そう言わせてるだけでしょう！」

ルルスがどんな人物かなんて知らない。

だけど、あんなふうにラナイズに愛されていたのにラナイズを憎む人に同調するなんて考えられない。そんなはずはない。

「あなたはラナイズに肩入れしすぎているようですね。あの男に唆されているのです」

「違います！　離してください……っ！」

足を踏ん張り、声を張り上げる。

扉の外に出さえすれば、いくらでも助けが呼べる。七星は腕を掴んだステラの手に爪を立ててもがいた。

「目を覚ましてください。我々の話を聞けば、あなたもきっとおわかりになる」

ステラの慇懃無礼《いんぎんぶれい》な物言いも今となっては恐怖でしかない。七星の指がぬるりと滑ってステラの手から離れた。いつの間にか、爪は皮膚を破って血が流れている。

はっとしてステラの顔を仰ぐが、痛みを感じていないかのようだ。それがさらに七星を震え上がらせた。

「ぼ、……僕は亜人の皆さんのことも好きだし、ラナイズのことだって好きです！　あなた方の話を聞いたって、きっと、わかりません。あの人から、ルルスを奪ったくせに！」

どんな理由があったって家族を引き離していい理由にはならない。

七星が気持ちをぶつけるように大声をあげると、七星の爪痕《つめあと》がついたステラの手がゆるりと弱くなった。

「！」

今だとばかりに腕を振り払い、扉に縋りつく。

「――……あなたがそこまであの男に取り込まれているとは」

重い扉に体当たりをして押し開こうとした時、背後でステラの呻くような低い声が聞こえた。

振り返っている暇などないのに、背筋がゾッとして思わず振り返る。

そこには、サーベルを上段に構えたステラの姿があった。

「残念です」

ステラが薄く唇を震わせるようにして無機質なつぶやきを漏らす。

頭上で、青白い鋼鉄が天窓から差し込む光を反射した。

「――――……っ！」

七星は自分の頭を両腕で庇《かば》って、その場に蹲った。

脳裏には、ラナイズの顔が浮かんでいた。

こんなところで死ぬなんてとか、もっとうまいことステラに調子を合わせていれば逃げる機会もあったかもしれないのにとかいろいろ考えることはあったはずなのに。

思いきり目を瞑った七星の瞼の裏には屈託なく笑うラナイズの顔が浮かんでいた。

今ここで七星が死んだら、ラナイズはまたルルスを失うことになるのだろう。

七星をルルスだと信じたまま、喧嘩《けんか》別れをしたまま――……。

「……っラナイズ……！」

そんなのは、嫌だ。

頭を庇って蹲ったまま、祈るような気持ちで思わずその名前を口にした時。

頭上で、金属が激しくぶつかり合う甲高い音が響いた。

「!?」

目を見開いて、顔を上げる。

そこには、ステラのサーベルを受ける剣が煌《きら》めいていた。

「――やはりあの時に斬っておくべきだったな」

怒りに顔を歪めたステラの目に、金髪の男が映っている。

七星は扉があったはずの背後を振り返って、声をあげた。

「ラナイズ！」

その瞬間、また甲高い音が響いたかと思うと交わっていた剣が互いに弾かれ、ステラが先に間合いをとった。その隙にラナイズが乱暴に七星を引き寄せる。

「あ……あの、お仕事中、じゃ」

政務室まで駆けて行って、一目見るだけだと思っていたラナイズの顔が、すぐ近くにある。

緊張していた体に伝った冷たい汗が引いて、七星をしっかりと抱きとめた腕に鼓動が弾んだ。

「お前がステラと礼拝堂に入ったと報《しら》せを受けてな。……だから気をつけろと言ったんだ」

苦い表情を浮かべるラナイズに、七星は押し黙るしかない。

ステラに悪いことをしたという引け目もあったし、何より、ルルスの情報を得たかった。七星はただ、ラナイズに喜んでもらいたかっただけだ。

だけどこうなってしまっては、言い返す言葉もない。

「……ごめんなさい」

昨日、口答えしたことも。

七星がうつむいて小さく謝ると、ラナイズが頭を揺らすようにして髪を撫でてくれた。

そのままラナイズの背中に回るように促される。

女官たちが礼拝堂を心配そうに覗いていた。あるいはこの中に、七星とステラの様子をラナイズに知らせてくれた人がいたのかもしれない。

「私のものに手を上げるとは、どういうことだ？　ステラ。弁解があるなら聞こう」

剣を構えたラナイズの冷徹な声が礼拝堂の高い天井に響く。

対峙《たいじ》したステラは狂気の笑みを浮かべたまま、双眸を細めてラナイズを見下すように顎先を上げた。

「あなたが背中に庇っているのは、弟君などではありませんよ。ルルス様なら我々が失礼のないよう、もてなして差し上げております」

ラナイズに縁もゆかりもない七星を庇っているラナイズがおかしくてたまらないのだろうステラが笑い声をあげると、無意識のうちに七星が縋ったラナイズの背中がかっと体温を上げた。

思わず震えて、後退る。

本当のルルスが見つかれば、七星はここにはいられない。

それどころかルルスを騙って宮殿に入り込んだ罪にだって問われかねない。――そんなこと、わかっていたことだ。

それなのにいざとなると胸がぎゅっと絞られたように苦しくなって、七星は思わずその場から逃げ出したくなった。

と、その時廊下の向こうから慌ただしい足音が複数聞こえてきた。

ラナイズが、剣先を下げる。

「――話は謁見の間で聞こう」

駆けつけた騎士たちの怒声にもかき消されないほどの凛とした声で、ラナイズが言った。

鏡のように磨きこまれた床に、アルクトスの大臣たちが立ち並ぶ。

謁見の前の上座には黄金色の玉座が据え置かれ、ラナイズが座っていた。

対して、ステラはラナイズから遠く離れた扉のそばで衛兵たちに囲まれて膝をついている。その姿に悲壮感は欠片ほどもなく、妙な自信に満ちた表情を浮かべている。

謁見の間は息をするのも躊躇われるほど静まり返って、誰もが緊張した面持ちを浮かべていた。

七星はというと、玉座のすぐそばで息を殺すようにして佇んでいた。

ステラを連行したあとのラナイズに「来るか」と尋ねられて「行きます」と答えてしまったのがど

うしてなのか、自分でもわからない。

ルルスの居場所がわかるかもしれない。だけどそれを追及するのはラナイズの役目であって、七星はもう不要なんだろう。

それでもラナイズに意思を問われたことが嬉しくて、ただ真実を見届けたいその一心で、ここまで来てしまった。

真実を知れば、自分の居場所はなくなるというのに。

「お前がウェイバーの民だとは聞いていたが」

静寂を破って口火を切ったのは、ラナイズの低い声だった。

ステラが涼しい顔で、小さく肯く。顔を並べた大臣たちを一瞥《いちべつ》してから唇には微かな笑みを浮かべた。

「いかにも。あなたが虐殺した国の申し子でございます」

七星は虐殺と聞いてぎくりとしたけれど、ラナイズは玉座の肘掛《ひじか》けに頬杖をついたまま微動だにしない。

彼が普段見せる、君主としての怜悧なばかりの表情を崩そうとしない。

ステラの発言に呆れたように反論したのは、大臣の一人だった。

「虐殺なんて事実は存在しない」

「しかし実際に私の両親はアルクトス――ラナイズ率いるスタヴロスの兵士に殺されました。この男が、この地を統治したいがためです」

ラナイズを静かに見据えたステラの言葉に大臣が口を慎めと怒号を飛ばすが、彼の耳には届いていないようだった。

ステラはただ一人、憎んでいるのだろうラナイズだけを見つめている。

ラナイズはそれを汲《く》んだかのように青の眼を細め、口を開いた。

「私の兵士もまた、仲間を斬られ、友を失った。戦いとはそういうものだ」

「それはあなたの望んだ戦でございましょう？　私たちはあなたを望んでなどいない」

大臣たちの怒号が一層激しくなる。

アルクトスはラナイズのおかげで繁栄してきたのだとか、治安の安定だとか。

七星はどちらの言葉にも胸を押し潰されまいとしながら、ラナイズの白い横顔をじっと見ていた。

「だからルルスを拉致して報復しようと思ったか、俺に忠誠を誓うような真似までして？」

ラナイズがルルスの名前を口にした瞬間、大臣たちが一斉に口を噤んだ。

静けさが訪れたのとは裏腹に、謁見の間の温度は上がったように感じる。七星は汗ばんだ掌を握り直した。

大臣の一人が、ちらりと玉座のそばについた七星を盗み見た気がする。

ルルス皇子の顔をしたあの男は一体何なのだと、そう思われているのだろう。

「ルルス様は祖国を失った我々を憐れんでくださったのです」

ふとステラが弛緩させるように唇を緩めると、それに呼応するようにラナイズの眉が震えた。

頬杖をついていた手を下ろし、玉座の肘掛けを握りしめる。

「祖国を取り戻したいという我々の悲願にお力を貸してくださると、そう言って宮殿を自らの意志でお出になったのです」

「でたらめを」

唸るような声で言って、ラナイズが息を吐いた。笑い飛ばしたつもりかもしれない。

「でたらめなどではありません。ルルス様御《おん》自ら、魔法の力をもって我々の軍を支えてくださるとおっしゃっておいでです」

「馬鹿を言うな！」

弾かれたように玉座を立ち上がったラナイズが声を荒げると、ステラが呆れたようにそっぽを向いた。

ステラのこの余裕がどこから来るのか、七星は注意深く大臣たちを見回した。

ステラが裏切るほどなのだから、他にも裏切り者がいるのかもしれない。自分が危ない目に遭わないと知ってでもいないとこんなに平然としてはいられない。

あるいは自分を手にかければルルスの身に危害が及ぶとでも言うつもりだろうか。

「ルルスは日にいくつもの術式を唱えれば倒れてしまうような子だ。魔力に体力がついてゆかないのだ。それを無理強いすれば、体に負担が――」

ラナイズが捕らえられたルルスのことを慮《おもんぱか》って声に焦りを滲ませる。

その時、ふわりと周囲に涼やかな声が響いた。

「私はいつまでもあなたの知っている子供のままではありませんよ、兄様」

ラナイズの目が見開く。

大臣も息を呑んで宙を見つめた。

この声がどこから聞こえたのかはわからない。七星もあたりを見回したけれど、扉が開く気配もない。平然としているのは、ステラただ一人だった。

「ルルス！」

聞き慣れた、ラナイズの声。

しかしそれは七星に向けられたものではなかった。

気付くとステラの前に靄《もや》のようなものが現れ、ゆっくりと人型を成していく。

――そこに立っていたのは、たしかに七星によく似た少年だった。

暗い色のローブを頭からかぶって、その下から冷めた目を覗かせていた。

「不沙汰しております、兄様。私を探しているという話は、このステラから聞かされておりました。心労をおかけしたようで」

多少七星よりも痩身で顔色も青白いものの、まるで鏡を見ているような気分だ。

自分と同じ顔をした少年が覇気のない声でとつとつと話すのは、なんだかぞっとしたものを感じる。

ルルスの声にはまるで感情がない。無機質で、ひどく冷たく聞こえた。

「心労なんて生易しいものではない。お前、どうして今まで――」

「どうして？　ステラに理由は聞いたのではありませんか？」

光のない目でラナイズを見据えたルルスが、折れそうに細い首を傾げてみせた。まるで操り人形のような仕種だった。

これがルルスなのか。

玉座から立ち上がったラナイズの横顔を盗み見ると、さっきまでの険しい表情はなりをひそめ、心底安堵したように双眸を細めている。

「――っ、」

その表情を見た瞬間、七星は胸を鷲摑《わしづか》みにされたような痛みに顔を顰めて、うつむいた。

最初からわかっていたことだ。

自分がルルスではない以上、こうなることが一番いいんだと、七星も望んでいた。

ラナイズが喜んでくれたらそれでよかった。

小さな小さな魔法を使えた七星にラナイズが手放しで喜んでくれたように、彼の幸せな顔が見たかった。今、ラナイズは心から喜んでいるようだ。

彼が知っている通りの、魔法に長《た》けた、自らラナイズを兄と呼ぶ、本当の弟に再会できたのだから。

もう、七星はいらない。

ここにいてはいけない。

そう思うのに、足が硬直して動かない。

自分なんかが玉座のそばにいていいはずがないのに。

ここに立っているのは本来なら、ルルスのはずだ。

「私はいつまでも兄様の人形ではありません。自分で考え、自分で行動する一人の人間です」

「……人形だと？」

ルルスの冷ややかな声に、ラナイズが頬を引き攣らせる。

「ステラに何もかも聞きました。兄様が私に話してくださらなかったことも、すべて」

ルルスは背後で頭を垂れるステラに視線を伏せた後、その暗い眼を七星に向けた。

ぎくりと身を強張らせたけれど、ルルスはなにも言わずもう一度ラナイズに対峙した。

「どうか私にこの国をお譲りいただけませんか？　たとえ半分でも血を分けたあなたと争うことは避けたいのです」

「！」

ラナイズが息を呑むのを感じて、反射的に七星はラナイズを仰いだ。

半分？

七星が目を瞬かせると、ようやくルルスが肩を震わせて、それでも声をあげないまま笑ったようだった。

「そんなに驚くようなことですか？　スタヴロスの城の人間ならば誰でも知ったことだというではありませんか。母の違う私をあなたが寵愛《ちょうあい》し、この国に連れてきたのは――私の魔力が欲しかったからだと」

「違う。ルルス、俺は……」

「髪の色も目の色も、生まれ持った魔力も違うあなたと両親が同じだなどと信じていた私がいかに愚かだったか。あなたは私の母を嫌っていたのでしょう。だから私と両親も引き離した。人の縁など少しも顧みないくせに私のことを血眼《ちまなこ》になって探していただなんて、滑稽《こっけい》です」

ラナイズを嘲笑《あざわら》うかのようなルルスの笑みは、まるで悪魔のように見えた。

ルルスは天使のようだと誰もが言っていたのに。ラナイズの贔屓目だけじゃなく、魔導師だってそう言っていた。今の七星の前にいるのは、まるで違う。

あんなにルルスを心配していたラナイズの言葉を遮り、虚仮《こけ》にしている。

七星は自分に似た醜い鏡のような姿を直視していられなくて、視線を伏せた。

視界の端にうつったラナイズの手が震えている。その手を両手で握りしめたくなる。

ラナイズはあんなにも、ルルスとの再会を望んでいたのに。

「——それで、お前はアルクトスを手に入れたらどうするつもりだ？　元通り、ウェイバーに戻すつもりか」

詰めていた呼吸を絞りだすような声で、ラナイズが低く尋ねた。

その顔からはもはやルルスの無事を喜ぶ様子は掻き消え、感情を押し殺したような冷たい表情だけがある。

「ええ。まずは亜人をこの地から追い出し、ウェイバーのあるべき姿に戻します」

「俺の騎士が撤退すればまた犯罪が横行するぞ」

「騎士ならばステラがおります」

は、とラナイズが短く笑った。

ステラの嫌う亜人を排除し、ステラのために亡国を蘇《よみがえ》らせ、ステラが騎士団長として君臨する。

果たしてそれが本当にルルスの望むことなのだろうか。

結局は、ステラの思うように動かされているだけだ。そんなことは傍で聞いただけの七星にもわかる。

「それがお前の選択した意志だと？　笑わせるな」

「お笑いになりたいのならば、どうぞご自由に。交渉は決裂ということでよろしいですか？　……残念です、兄様」

ルルスが気怠《けだる》げな声でそう言うと、背後の大きな扉が外から開かれた。

飛び込んできたのは、剣のぶつかり合う金属音と、男たちの怒号だった。

すでに、ルルスの――いやステラの軍が攻め込んできていたのだろう。大臣たちが慌てふためき、この場から逃げ出そうと右往左往する。

外の戦闘の様子に動じなかったのはステラとルルス、そしてラナイズだけだった。

「そんなありあわせの軍で我が騎士団に敵《かな》うとでも思っていたのか。……お前は本当に、愚かだな」

つぶやくように言ったラナイズが腰のサーベルに手をかけ、術式を唱える。いつか見た、電撃の魔法だ。

まさか、あれをルルスに振りかざすわけじゃないだろう。

七星は思わず玉座に駆け寄ると、ラナイズの背中に縋るように手を伸ばした。

「ラナイズ！」

ラナイズがあんなに大切に思っていた弟を手にかけるところなんて見たくない。

七星が叫び声にも似た声をあげても、――ラナイズは振り返らなかった。

背中に伸ばした手が宙を掻いて、冷たい玉座にぱたりと落ちる。

当然だ。

どうしてラナイズがまた自分を振り向いてくれると思ったんだろう。

本物のルルスが目の前にいるというのに、七星の声に耳を傾けるはずがない。

玉座を降りたラナイズにルルスの兵士が斬りかかってくる。それを電撃を纏《まと》ったサーベルが振り払うと、焼けるような匂《にお》いが謁見の間に立ち込めた。

あたりはあっという間に怒号と悲鳴で色めき立ち、ラナイズの背中が遠ざかっていく。

ルルスはステラたちに守られ、回復魔法か何か、光のようなものを操っている。

七星の出る幕ではない。

もともと七星の出る幕などなかったのだ。

ラナイズが笑いかけてくれたのも優しくされたのも、過剰なまでに心配されたのも、抱きしめられたことも、すべてルルスの身代わりでしかなかった。

もうラナイズの青い瞳に七星がうつることはない。

あとは、ラナイズとルルスの問題だ。

「お、……おい！　こっちだ！」

玉座の裏に見つけた隠し扉に逃げていく大臣が、七星を手招いた。

何と呼びかけていいかわからなかったのだろう。

七星は一度だけラナイズの戦う背中を見つめた。これで見納めだ。

こんな世界に飛ばされてこなければ、七星がルルスに似てさえいなければ、出会うこともなかった人だ。

さようならとつぶやいたって、ラナイズの耳には届かないだろう。

七星は喉まで出かかった言葉を胸の奥深くに閉じ込めて、踵を返した。


大臣たちの後について暗い回廊を抜けると、間もなく屋外に出た。

突然陽の光がさしてきて、眩しさに目がくらむ。

空を仰ぐといつもと変わらない雲一つない青空なのに、背後の宮殿からは微かに剣のぶつかり合う音が聞こえてくる。

七星に良くしてくれた人たちの血が流れなければいいなと願うけれど、そう願うのは七星の独善だろう。ステラに与《くみ》した人たちの中にだって、優しい人や、誰かを大切に思う人がいるはずだ。

大臣たちは外に出るなりひとまずスタヴロスへ避難しようと口々に言い合って散り散りに駆け出した。

外まで出たはいいものの、七星はさすがにスタヴロスへ行くことはできない。スタヴロスがどこにあるのかも知らなければ、縁もない。

ラナイズはいつか連れて行ってくれると言っていたけれど、それが叶うことももうない。

逃げていく大臣たちの背中を横目に、七星は中庭へ駆け出した。

争いは宮殿の中で行われているとはいえ、もしエルロフが巻き込まれたらと思うとぞっとする。ステラの様子じゃ亜人と見ればこの機に乗じて傷つけてもいいとか言い出しそうだし、宮殿内で働いている従者ならば騒ぎにいち早く気付けても、庭師のエルロフは逃げ遅れてしまうかもしれない。

――それに、中庭には七星がラナイズとほぼ毎日朝食を囲んだテーブルがある。

青々とした芝生を蹴り、庭園までの慣れ親しんだ道を駆ける。

頭上で小鳥がチチチとさえずった。それがまるで挨拶をしているようで、木の上を仰ぐと七星は鼻の奥がツンとした。

毎朝やってくる小鳥に、ラナイズと名前をつけて遊んだことがある。

翌朝になれば誰がどの鳥だったか七星はわからなくなるのに、ラナイズは自信満々であの鳥はあいつだと名前を言い指すので驚いた。

とは言えラナイズが本当に正しかったのかどうかなんてわからない。何しろ、ずっと七星をルルスだと思っていたくらいの人なんだから。

――こんな夢、早く醒めてくれたらいいのに。

楽しい思い出しかない庭園のテーブルにつくと、七星は堪えきれずに顔を覆った。

早くエルロフを探さなければいけないけれど、最近ずっと運動不足だったから、息が整うまで――と自分に言い訳をしてこみ上げてくる涙を堪える。

こんなの悪い夢だ。気がついたら自分はまだ体育館にいて、熱中症で倒れた七星を部員が心配してくれてるんだろう――と宮殿に来た頃は何度も願った。

それも、最近じゃ忘れかけていた。

アルクトスでの生活に慣れて、ラナイズと一緒にいることが当たり前になっていた。

本物のルルスを前にして、七星を一度も振り返らなかったラナイズの背中だけが脳裏を過ぎる。

七星はしょせん偽物だったんだから、ラナイズが顧みないのは当然だ。それでよかったんだと思うのに、顔を覆った指の隙間から涙が溢れてくる。

七星を撫でてくれたあの手も、七星だけに向けてくれたあの笑顔も、優しい言葉も、気遣いも、喜ぶ顔も、抱きしめてくれた腕も、唇も、すべて七星のものではなかった。

ラナイズが抱いていたのは、ルルスの面影だけだった。

その手触りも声も、覚えているのは七星だけだ。

こんなの、悪夢じゃないならなんだっていうんだろう。

「――……醒めてくれよ、もう……」

嗚咽《おえつ》するような声でつぶやいても、体育館の喧騒や学校のチャイム、車の音も聞こえてこない。

聞こえてくるのは、宮殿の中で響く本物の戦いの声ばかりだ。

せめて、どうかラナイズが無事であるようにと祈るような気持ちで七星が耳を澄ませていると背後で葉擦れの音が聞こえた。

「！　ルルス様」

緊張して茂みを振り返った七星を驚いた顔で見ていたのは、金色の目をしたエルロフだった。

「エルロフ！　よかった、無事で……」

エルロフも宮殿の異変を感じ取って中庭まで来たのかもしれない、顔や尻尾の毛が逆立って、視線も泳いでいる。

七星は濡れた頬を乱暴に拭うと、茂みから姿を現したエルロフへ歩み寄った。

「ごめん、説明は難しいんだけどとにかくここは危ないから、一度宮殿の外へ――」

「ルルス様」

自分も一緒に逃げたほうが良いんだろうけれど、七星がそれを躊躇しているとエルロフが傷だらけの手をもじつかせて七星を仰いだ。

「……では、ないんですよね？」

「！」

エルロフの方へ伸ばしかけた手が、魔法でもかけられたかのように硬直する。

どっと一度大きく心臓が跳ねた後、呼吸も止まってしまう。代わりに冷たい汗が背中を伝った。

「――宮殿の中で何が起こっているのか、逃げていく女官に聞きました。……本物のルルス様がお帰りになって、陛下と戦っておられると」

一度ためらいがちに芝生の上を走ったエルロフの視線が、窺うように七星へ向けられる。

お前は誰だと、まるで責められているみたいに。

「あ……の、ごめん、僕――」

エルロフを騙すつもりはなかった。

誰のことだって騙そうと思ったことは一度もない。

だけど、自分がルルスだったらよかったのにと思うことは最近何度もあった。

ルルスを見つけ出してラナイズが喜んでくれたらいいと思ったのも本当だけれど、このままここでラナイズと、エルロフと今までどおり暮らせていたらきっと幸せだと思ってしまっていただろう。

そんな七星の浅はかさを見透かすような眼だった。

「エルロフ、……ごめん――」

一度乾かした目にまた涙がこみ上げてくる。

結果的に騙していたのは七星の方で、泣いて済むわけでもないのに。

「でも、僕ちょっと嬉しいと思っちゃいました！」

知らずうつむいた七星に、エルロフの明るい声が響く。

「え？」

驚いてを目を瞬かせると、涙の粒が一つ零《こぼ》れた。

慌ててエルロフの方から駆け寄ってきて、顔を覗きこまれる。

キラキラとしたガラス球のような目が、笑っていた。

「ルルス様だったら、いくら友達だって言ってもらってても僕からじゃとてもそう思うことはできないけど、でもそうじゃなかったら――友達だって、思えるから！」

「エルロフ……」

「これで、両思いだね！」

また別の意味で、泣き出したくなってくる。

それを察したようにエルロフがぎゅっと抱きついてくると七星の頬に柔らかな猫の耳が触れた。くすぐったくて、思わず笑いがこみ上げてくる。

なんだか久しぶりに笑ったような気分だ。

「本当の名前はなんていうの？　友達の名前を知らないのは、変だよね」

「そうだね」

鼻を啜って、もう一度ごめんとエルロフに謝る。

最初から自分の名前を名乗っていれば、エルロフを騙すことにはならなかったのに。そんな状態で友達になろうだなんて、間違ってた。

「僕は、七星っていうんだ。もっとずっと違う世界から来たんだけど――」

エルロフはしきりに肯いて、七星の顔を見つめる。肯くたびに頭上の耳が揺れ、ヒゲがぴくぴくと動くのが可愛らしくて、思わずその頭を撫でようとした時――

「いたぞ！　亜人だ！」

割れた怒号が響いてきて、とっさに七星は身を翻した。

エルロフを背に庇い、宮殿から駆けてきた兵士に体を向ける。

アルクトスの騎士の鎧を身に着けていない。ルルスの兵だろう。

「ルル……――いや、ルルス様を騙《かた》った魔導師か」

七星の顔を見るなり一瞬面喰らったような兵士が、胸の前で細身の剣を構えて険しい表情を作りなおす。

騙ってなんていないし、魔導師じゃない。

そう誤解を解いたところで、兵士が見逃してくれるとも思えない。七星は逃げ道を探して視線を泳がせた。

茂みを突っ切れば、いくらでも逃げ場所はある。だけどエルロフを連れ、七星の足でどこまで逃げきれるだろう。宮殿の外まで逃げ出せたとして、それで兵士が諦めてくれるだろうか。

エルロフだけならば見逃してくれるかもしれない。だけど――ルルスと同じ顔をした、七星はどうだろう。

「……っ」

背中で、エルロフがぎゅっと七星の服を握りしめた。

エルロフを傷つけさせるわけには、いかない。

七星は呼吸を整えて、剣を構えてジリジリとこちらへ近付いてくる兵士を睨みつけた。

「彼は関係ない。見逃してください」

「関係ないはずがあるか！　亜人は全《すべ》て排除しろと、ルルス様のご命令だ」

エルロフが背後で息を吞んだ。

ルルスが亜人を好きなようだと、嬉しそうに話してくれた笑顔が凍りついているのだろうと思うと胸が焼けるように痛む。七星は握りしめた拳が熱くなるのを感じていた。

「亜人があなた方に何かしましたか？　あなたには亜人の友達がいないんですか？　それとも、命令されたから傷つけようとしているだけ？」

「うるさい！　つべこべ言わず亜人をこちらによこせ！」

吼《ほ》えたかと思うと、兵士が剣を頭上に構えて踏み込んできた。エルロフが背後で身を縮めた。震えているのがわかる。

彼はステラに引き抜かれた騎士団の人間ではないのだろう。胴ががら空きだ。

だけど、七星の手に今竹刀に代わる武器が何かあるわけじゃない。使えるものといえば、――自分の力だけしかない。

「我が肉、我が血、我が骨に命じる」

かっこよく高らかに宣言しようかと思ったけれど、七星も恐怖で喉が強張っているようだ。つぶやくような声にしかならなかった。

怒号をあげて切りかかってくる兵士の耳には届かなかったかもしれない。できれば七星の術式を聞いて、留まって欲しかったのだけれど。

「唸れ焔《ほのお》、焦がせ炎撃――フランマ・スキュータム！」

熱くなった掌を前に突き出して、自分を奮い立たせるように声を張り上げる。

瞬間、ごうっと熱風が吹いたかと思うと草の焦げるにおいがして兵士の姿が見えなくなった。

「う、うわあ……っ！」

声は、聞こえる。たぶん傷つけたわけではないだろう。

七星が前につきだした手の先で、人一人隠れる程度の炎の壁が立ち上っている。パチパチと草木が燃える音がして、ちょっとこのまま壁を維持していたら中庭が燃えてしまいそうだ。

慌てて腕を下ろすと、腰を抜かした兵士のシャツの裾が燃えてしまっていた。

「噴水に行って、早く！」

七星が慌てて声をあげると、兵士もほうぼうのていで逃げ出す。

正面の庭園まで行けば噴水があるから、それに飛び込んでしまえばなんとか消化できるはずだ。

できれば、火傷《やけど》が残ったりしないといいけれど。

生まれて初めて使った火炎魔法がこの土壇場でうまくいって、思わず腰が抜けそうになる。

気付くと七星は全身汗びっしょりになって、掌もなんだか焦げくさい。だけど。

「ナナセ……すごい！」

背後のエルロフが尻尾を倍くらいの太さに膨らませて目を輝かせているのに気付くと、とてもへたり込んでいる暇はなかった。

「僕、初めて魔法見た！　ナナセもルルス様みたいに魔法が使えるんだね！　すっごく格好良かったよ！」

「うん……うまくいって、よかったよ。初めて使ったんだけど」

焦げくさい掌を胸で拭ってようやく肩で息を吐く。

とっさに火炎魔法を唱えたけれど、おかげで兵士を噴水まで追い払うことができたんだから我ながら上出来だ。

この調子で行けば宮殿の外まで逃げきれるかもしれない。

「それじゃあ、エルロフ。とにかく今は宮殿の外まで逃げよう」

「う、うん！」

感動した声を上げていたエルロフが緊張した面持ちに戻って、肯く。

こっちが近道だよと茂みを指してくれるエルロフの後に続こうとして、七星はもう一度中庭を振り返った。

ラナイズと何度も食事をしたテーブル。

公務の時間がと言って従者が何度も呼びに来ても、ラナイズはいつもギリギリまで七星と他愛のない会話をしていた。

今となってはもう、何を話したのかもよくは思い出せない。花の名前や食事の話、小鳥、天気、季節の話。

思い出せるのはただラナイズの屈託ない笑顔と、七星を撫でる優しい掌の感触だけだ。

たとえそれがすべて七星に向けられたものではなかったとしても、それを覚えているのはたしかに七星だ。

「――……」

胸の前をぎゅっと握りしめて、瞼を閉じる。

心の思い出に鍵《かぎ》をかけるように。

「ナナセ！　早く」

茂みの向こうでエルロフが呼んでいる。

七星はうんと肯いて踵を返そうとして――息を呑んだ。

「エルロフ、――……先に行ってて。必ず庭園の外まで行って」

抑えた声が、エルロフまで届くかどうか自信はなかったけれど、エルロフの足音がためらいがちに遠くなっていくのを背中で聞きながら七星は少なからずホッとした。

「亜人を逃がしたんですか？　……愚かなことを」

中庭の樹の下に現れた靄が、人の形をなしていく。

そこから聞こえてくる冷たい無機質な声に、七星は震え上がるような気持ちをぐっと押し殺した。

「……ルルス」

暗い色のローブがはっきりと目に見えるようになり、最後に青白い肌が不透明になる。

自分にそっくりな顔が、闇の中からこちらを窺っているようで背筋が寒くなってきた。

「彼《か》の者の後を追おうと思えば、私には造作もないことです」

「転移魔法、……というやつですか。僕にはまだたぶん、使えません」

追おうと思えば追えるけれど、今は追わずにいるだけだということだろうか。

ルルスの真意をはかりかねて、七星は無意識に身構えた。

どうして宮殿の外へ出て七星の前に姿を現したのかもわからない。

宮殿の中の争いが決着したようにも思えない。あのラナイズがいて、まさか負けるはずなんてないし。半ば祈りにも似ているけれど、実際まだ激しい剣の音は聞こえてきている。

七星とルルスが対峙した中庭は、静かなものだ。

「すぐに使えるようになりますよ」

ローブから覗いた唇が微笑む。

その優雅な微笑みは七星には到底真似できそうにないし――ラナイズに少し似ているような気がした。

それはそうだ。兄弟なんだから。

七星は足元に視線を逸らして、小さく息を吐いた。笑ったように聞こえていればいいなと願いながら。

「そうでしょうか」

「ええ。あなたも祝福された子ですから」

「あんまり、よくわからないです」

自分が魔法を使えるようになるなんて最初のうちこそ信じられなかったし今でも半信半疑だけれど、もし本当に七星にも思うように使えるのだとしたら、他の誰だって使えるんじゃないかと思ってしまう。

自分が特別な人間だなんてとても思えない。

だってついこの間まで体育館で竹刀を振っていたのに。だけどそれももう、半年近く前のことになるのか。今は体育館の空気よりもこの中庭でラナイズと過ごした時間のほうが鮮明に思い出せる。

「七星殿はまだこの世界ことをおわかりではないから仕方がありません。いずれ、精霊を感じることもできるようになるでしょう」

そう言ってルルスが右手を肩の高さまで掲げた。

攻撃、あるいは兵士への合図かと思って瞬間的に肝が冷えたけれど、どうやらそうではないようだ。

七星には見えない何かを摑んでいるように見える。それが精霊なのだろうか。

ルルスの目の先にあるものは七星には見えないけれど、とても友達を見る目つきではない。

精霊を友達のように思うか、あるいは奴隷のように使役するか――魔導師の先生が言っていた言葉を思い出して、七星は視線を逸らした。

「どうでしょう。七星殿も私と一緒に来ませんか？　そうすればこの世界のこと、魔導、精霊、あなたが知りたいことをなんでもお教えできますよ」

摑んでいた精霊をぱっと離したルルスが、薄く口を開いて笑った。

なんだか魂の抜けたような、嫌な感じのする表情だ。ステラを髣髴《ほうふつ》とさせるけれど、それよりももっと空虚に見える。

七星は黙って、首を左右に振った。

「お嫌ですか？　どうして？　このまま兄様と一緒にいれば、あなたも飼い殺されるだけです」

「そんなことありません」

思わずムッとして言い返してしまったけれど、そもそも本物のルルスが現れた以上、七星が一緒にいられるはずもない。

そうでなくてもラナイズが七星を飼い殺すなんて考えたこともないし、七星にそれほどの価値も意味もない。自分がルルスじゃないというのを誰よりもわかっていたのにズルズルとこの宮殿にい続け

たのは七星のほうだ。

「あなたもじきに兄様のことがおわかりになる。……大切なことは何も教えず、自分の庇護《ひご》下に置いておこうとするあの人の傲慢《ごうまん》さを」

「ラナイズが傲慢なのはなんとなくわかりますけど……――でも、何も教えてくれないなんて感じたことはありません。あなたがただ聞かなかっただけかもしれない」

ラナイズは、七星《ルルス》が他の国を知りたいといえば公務で疲れていても時間を作ってくれた。魔導を知りたいといえば喜んで本を貸してくれた。

たしかに七星を自分の庇護下においておきたいという過保護なところはわかるけれど、七星が何でも知りたがることを、今までのルルスにはなかったことだとラナイズは笑っていた。

別にルルスを責めるつもりはないけれど、自分が何もしなかったからといってラナイズを傲慢だと責めるのは違う気がする。

「兄様と私の母親が違うだなどとどうして尋ねることができるのですか？」

冷たく微笑んだルルスの言葉に、ぎくりと七星は肩を震《ただ》わせた。

「何故兄様には精霊が見えないのか、そのことを問い質してても、きっと兄様は私の魔力を褒めそやすだけで真実を話してはくださらなかったでしょうね。わけも言わずにアルクトスへ連れてきたくらいなのですから」

「そんなこと――」

「私に真実を教えてくれるのはステラだけです」

冷めた声で鋭く言い放ったルルスの声に、どこからか剣のぶつかり合う音が重なった。音がだいぶ近い。兵士たちの戦いがすぐ近くまで迫ってきているのかもしれない。七星はこの場を逃げ出したい気持ちに駆られて、喉を震わせた。

だけど足が竦んだようになって動かない。

このままルルスに何も言い返せないのも悔しい。

ラナイズがどんなにルルスを案じて、心配していたかも知らないくせに。あんなにラナイズに愛されているくせに。

「ステラは私に亜人がいかに愚かなものかも教えてくれました。外の世界のことも。ステラがいなければ、私は今でも兄様に目も耳も塞がれていたままだったでしょう」

「違う」

七星は沸き上がってくる恐怖心を振り払うように、声を張り上げた。

ラナイズはルルスに外を見て見聞を広めて欲しいと思っていたはずだ。ただルルスはあまり関心がないと思い込んでいたふしはあったのかもしれないけれど、そんなの、きっと些細なすれちがいにすぎない。

「……ステラさんが言うことが全て真実とは限りません。僕は亜人のみなさんと話して、すごく楽しい気持ちになったし……とてもステラさんに同意はできない。でも、ステラさんの価値観を否定して戦おうなんて思ってもいません」

自分と違う考え方を武力で押さえ込んでいたら、ラナイズが前に話してくれたような争いばかりの世界に逆戻りしてしまう。

　そうすればルルスだって都合よく駆りだされるだろうし、結局彼の魔力を利用しようとしてるのはステラの方に見える。

「ルルス、あなたはステラさんの理想を吹きこまれてるだけです。それは外の世界を知ったことにはならない。一方的な、価値観の押し付けだ」

　みっともなく震えてしまわないように声を押し殺して、拳を握りしめてルルスを見据える。

　気迫だけでも、ルルスに負けたくない。

　ルルスが呆れたように小さくため息を吐いた。困った人だとでも言わんばかりに、首を振って。

「この世界のことを何もご存知ないくせに」

　独白のようなつぶやきだったけれど、まるで七星を見下したようなものの言い方はステラそのものだった。

　本当にステラに感化されているんだろう。

「この世界のことは知らなくても、人の心はどんな世界でも同じです。あなたには、ラナイズへの感謝の気持ちがないんですか？」

「感謝？　いったいなにを？」

　七星に向けられたルルスの視線が、鈍く光ったように見えた。

　ローブから覗いた眉間に皺が寄っている。

　ようやくルルスの心に声が届いたような、そんな気がした。

「ラナイズとアルクトスで過ごしていて楽しい思い出の一つもないんですか？　アルクトスをステラさんの望むような国にして、それを壊しても何も気にならない？　じゃあ、その後はどうするんです？　ステラさんの思い描いている国は、あなたが本当に望んでいる国なんですか？　国政について、自分で本当に考えたことはあるんですか？　ラナイズは考えています。ずっと、あなたと一緒に――」

「騒がしい人だな」

ぽつりと、暗い声でルルスが漏らした。

伏せられたローブの下から覗く唇から笑みが消える。七星がそれに気付いてはっとした時には、もう遅かった。

パン、と乾いた音がして七星の足元で何かが爆《は》ぜた。

「！」

慌てて飛び退いて、さっきまで自分が立っていた場所を見下ろす。

そこには煙が立ち上って、芝生が焦げていた。

ルルスに攻撃魔法は使えない、とラナイズが言っていたはずだ。背筋が冷えて、ルルスを見上げる。

ルルスがゆっくりとローブを頭から滑らせ、不敵に笑った。

「あなたにできることが私にできないとでも？　思い上がりも甚だしい。……これから私は兄様の手を離れて自分の国を作っていくのです。あなたを傷つけることくらい、造作もない」

虚《うつ》ろな声で言いながら、術式を唱えることもなくルルスの周囲に仄かなあかりが集まっていく。

七星が焦りを覚えて後退ると、ルルスの視線がそれを追って右手を掲げた。それが振り下ろされた時、攻撃が繰り出されるのだろうという予感はするけれど、防ぐ方法を七星は知らない。術式を唱える暇もないかもしれない。

ルルスの頬は引き攣って、笑っているようにも怒っているようにも見える。

ラナイズから聞いていたルルスの印象は、そんなふうではなかったのに。

「ルルス、あなたは——……」

「もう、黙りなさい」

静かに告げたルルスが右手を翻す。

「……っ！　あ、アクア・スキュータム！」

とっさに七星は両腕を前に突き出して、声を張り上げた。

水で盾を作るイメージだったけれど、さっき立ち上らせた炎の壁ほどの威力はなかった。とはいえルルスの右手から放たれた光の球を弾く程度には飛沫《しぶき》が飛んだ。芝生に火が燃え移ってしまったけれど。

「あなたの今の魔力で私に勝てるとでも？　……残念ですよ、あなたが私のもとに下れば、魔導を教えてさしあげることもできたのに」

「下る？　……そんなのは嫌です」

ルルスの手元にはまだ残弾が残っている。次にもっと多くの光の球をぶつけられたら七星では防ぎきれないかもしれない。

だけど、七星は素早く視線を走らせて芝生の炎焼を防ごうと水の術式を必死に唱えた。

ラナイズとの思い出が多いこの中庭を、燃やしてしまいたくない。自分がもっとたくさんの水魔法を使えたらいいのにと気持ちばかりが焦って泣き出したくなる。

「友達なら、いいけど」

「友達？」

ぴくりと、ルルスの指先が震えた。

また攻撃を受けるのかと思って身構えたけれど、まだ光の球は飛んでこない。

光の球は七星も出すことができるけれどあんなふうに攻撃もできるんだなんて考えたことがなかった。魔法は本当に、使い方によってどんな姿にもなるんだと怖く感じる。

人も同じだ。

どんな人だって、味方になってしまえば心強いけれど敵になるのは怖い。だからルルスも七星を追ってきたのかもしれない。ルルスの言う通り七星にも魔力があるなら、という話だけれど。

「僕はあなたと戦いたいなんて思ってない。……だけどステラさんの望むような国にするのも嫌だ。ラナイズのいない国なんて」

「――……交渉は決裂ですね」

ルルスが一瞬、唇を嚙んで顔を伏せた。

だけど次の瞬間右手を頭上高く振り上げると、太陽がまるでそこに降りてきたみたいにあたりが白く、明るくなる。

「――……！」

脳内に水魔法の術式はいくつも浮かんでくるけれど、唱える時間がない。

七星は眩しさに目を瞑ると歯を食いしばって頭上で両手を広げた。

できれば、ルルスの魔法が自分にだけ降り注いでくれればいい。中庭を傷つけないで欲しい。木の上の小鳥はもうとっくに飛び立っていていないだろうけれど、彼らが戻ってくる枝葉がなくなってしまうのは心苦しい。

「イグネス・フェスティ・マギア」

白い光の中で、ルルスの声だけが聞こえる。

七星は息を詰めて、自分に魔法が集中する術を必死で考えた。吸収する魔法なんて、どうしたらいいんだろう。わからない。もしかしたらあるのかもしれないけれど自分には唱えられない。

もっと必死になって勉強していればよかったのかもしれない。

宮殿の外に行くことなんかより、自分にできることに夢中になるべきだった。そうすればまだ、ラナイズのそばにいられたかもしれないのに。彼を魔法で護ることだって、できたかもしれないのに――。

「ラナイズ……っ」

食いしばった唇の間から、思わず声が漏れる。

その瞬間、甲高い剣の音が光を切り裂いた。

「！」

思わず目を開く。

そこには、ラナイズの煤《すす》けた背中があった。

「――……ラナ、……イズ？」

目を疑った。

もう二度と会うことはないかと――あるいは君主を眺める民衆の一人として遠くから見ることはあるかもしれないけれど、こんな近くに寄ることはもうないと、覚悟していたのに。

しかも、七星を背中に庇って剣を構えている。本物の弟、ルルスに対して。

「ルルス」

低く抑えたラナイズの声に、思わず肩が震える。反射的に返事をしようとしてすんでのところで飲み込んだ。

自分じゃない。

七星は、ルルスじゃない。

「お前とステラが用意した傭兵崩れの兵どもは退きつつある。もう観念しろ」

いつものサーベルではなく大振りのグラディウスを構えたラナイズの腕は大きく袖を切り裂かれ、血が溢れている。

だけどそれを大丈夫ですかと声をかけることもできない。もう七星が声をかけて良い相手じゃない。

たとえ今ラナイズがルルスの攻撃から七星を護ってくれたとしても、それはアルクトスに縁のある平民を一人助けてくれたに過ぎないんだろう。

身の程をわきまえなければいけない。

七星は言葉を詰めた喉をおさえて、ラナイズの背中から一歩退いた。

「おい」

その時急に振り返ったラナイズから肩越しに鋭い視線を向けられて、七星はその場で飛び上がるほど驚いた。

「え？　あ、あの……」

ラナイズの目に自分が映ることはもう二度とないと思っていた。

話しかけてもらうようなことも。

「……勝手に外に出るなと言っただろう」

苛立たしげに吐き出したラナイズが、眉を顰めたのが見えた。

ラナイズが七星の前でだけ屈託なく笑う顔が好きだった。だけど何故か、今目の前にいる不機嫌そのものといった様子のラナイズも嫌いじゃない。怖いとも感じない。

さっきまでは人々の怒号が重なりあう宮殿を恐ろしいと思っていたのに、ラナイズが現れた瞬間、やっぱりどうしても安心してしまう。

だけど。

「あ……の、だって――……僕は」

本物のルルスが現れたのだから、もうお払い箱だ。

そんなこと、わざわざ言うまでもなくわかっていることだ。実際、本物のルルスが目の前にいるんだから。

ラナイズの体で阻まれて、向こうに立ち尽くしているのだろうルルスの姿は見えない。だけどその姿を探すように七星が首を伸ばそうとすると、ラナイズが背後の七星に腕を伸ばした。

「！」

一歩退いた七星の手を摑んで、乱暴に引き寄せる。

「黙って俺のそばを離れるな。お前を失いたくないんだと言っただろう」

「な、なんで――……っ僕はルルスじゃないって、もうわかったでしょう！」

張り上げようとした声が、震えて掠れた。

「そんなことは、わかっている」

摑んだ七星の腕を痛いくらいに強く握った後で、ラナイズがそっと手を離した。

七星と同じように掠れた声でつぶやいたラナイズが再び顔をルルスに向けてしまっても、強く握られた手首がひりつくように痛い。そばを離れるなという言葉が体にも刻み込まれたかのようだ。

「兄様こそ、そこを退いてください。兵ならいくらでもおります。私ならば死者を蘇らせることだってできる」

「何人もの死者の体を操ってお前の魔力を無駄に消耗するつもりか？　お前の体が保《も》たん」

「ご心配いただきありがとうございます。しかし、兄様のお気遣いには及びません。私はもはやあなたの知るひ弱な弟ではない」

ルルスの淡々とした声が恐ろしい。

ラナイズの体を避けてルルスの姿を窺うと、光魔法を剣で弾かれたのだろうルルスは右手を抑えながら、それでも再びその手に魔力を貯め始めていた。

あのラナイズがルルスの体を剣で打ったのかと思うとそれだけで心が凍りつくようだし、掌に光を集めはじめたルルスの暗い目がラナイズを見据えているのも見るに耐えない。

「お前に何があったのかは聞かないでおこう。——しかしお前の魔力はあんな輩《やから》に利用されるべきものではないはずだ」

ラナイズの硬い声に、ルルスが短く、甲高い笑い声をあげた。

「私の魔力を利用しようとしていたのは兄様のほうでしょう！」

「……なんだと？」

話している間にも、ラナイズの切り裂かれた袖が鮮血で染まっていく。七星が思うよりも傷は深いのかもしれない。

ラナイズが言った通り、宮殿の中での諍《いさか》いは収束しつつあるようだ。剣のぶつかり合う音は消え、緊張した中庭には静寂が訪れていた。

「私を魔導師の母から引き離し、アルクトスの領土を広げるために私を——」

「ステラの戯れ言を信じるのか」

「兄様よりよほど信用できます」

今度短く笑ったのは、ラナイズのほうだった。

ほとんどため息のようなものだ。

グラディウスを握る手がギリと軋み、柄を強く握り直すのがわかった。

「ラナイズ」

「戦わなければならないようだな」

七星が声をあげたのと、ラナイズが声を発したのは同時だった。

ルルスもラナイズに応じるように右手を掲げる。

気付くと七星はラナイズの体を回りこんで、両者の間に飛び出していた。

「っラナイズ、戦ったりしたらダメです！　……ルルスも」

手足は感覚がなくなるくらい緊張して、みっともないくらい震えているのがわかる。

さっきルルスの魔法を受けるかもしれないと思った時以上に竦み上がって、呼吸もできない。だけど、夢中で声を振り絞っていた。

「誤解があるなら、会話することでしか解くことはできません！　傷つけあったりしたら、……誤解以上に、恨みが残ってしまう。そうすればまた争いが起こるだけです」

戦いばかりだったこの世界が、痛み分けをして平和を取り戻したんだと世界地図を前に話してくれたラナイズは嬉しそうだった。

また争いが起こるようになれば、国民だって困窮するだろう。そんなのは、ラナイズが望んでいる国じゃない。

「――……ナナセ、」

震えてしまう唇を噛んでルルスとの間に立ちはだかった七星に目を瞠ったラナイズが、驚いたようにつぶやいた。

「る、ルルスも退いてください。まず傷つけ合う前に、ラナイズと話し合って――……それから、ステラさんが正しかったかどうか判断したらいい。どちらか一方の話だけ聞いて自分の大切な人を失っちゃ、ダメです」

「私はもう退くわけにいかない。多くの者たちの命を預かっているのです」

疎ましそうに七星を見返したルルスの手が震えている。

それがルルスの心の乱れなのか、それとも精霊が暴れているせいなのかもわからない。

「ダメだよ、ルルス。精霊は友達なんでしょう?」

「!」

一瞬、ルルスが息を呑んだように見えた。

その隙を見計らっていたかのように中庭に兵士が駆け込んできて、躊躇なくルルスに飛びかかっていく。ともすればルルスの魔法に蹴散らされるかもしれないのに、ラナイズの騎士たちは一糸乱れぬ動きであっという間にルルスを芝生の上に押さえ込んでしまった。

「ルルス!」

声をあげたのは七星だけだった。

反逆者を押さえこんだ兵士たちの腕の下で、ルルスの右手の光が霧散していく。

押さえこまれていたって、その気になればその手を焼くことだってできただろう。だけどルルスはあまりにもあっけなく、その場に顔を伏せてしまった。

――まるで、わざと摑まったかのように。

「地下牢《ろう》へ連れて行け」

唸るような声とともにラナイズが剣を収める金属音が聞こえた。

ルルスはまるで本当に人形にでもなったかのように力なく兵士たちに抱え上げられ、黙ったまま引きずられていく。

七星はしばらく、その姿から目が離せなかった。

「――……どうしてお前は少しもじっとしていないんだ」

不意に背後で大きなため息が聞こえたかと思うと、思い出したように振り返った七星のすぐそばまでラナイズが歩み寄ってきていた。

思わず一歩退くと、ラナイズが眉間の皺を深くする。

「玉座の裏に隠れていれば俺が護ってやれるものを、どうして逃げ出したりした」

ラナイズの手が七星の腕を摑んで、強引に引き寄せられる。

身をよじって逃れようとしたけれど、摑まれた手に血が滴っていることに気付くととても振り払う気にはなれなかった。

それがラナイズの計算なのか、それとも七星の自分に対する言い訳なのかはわからない。

「……そんなに俺のそばにいるのは嫌か？」

「嫌、……とかじゃなくて」

ルルスのいなくなった中庭にはいつものように七星とラナイズしかいない。今まで気付きもしなかったけれど空は穏やかに晴れていて、こうしていればやがてまた小鳥がやってきて囀るだろう。

まるで、何事もなかったかのように。

だけどなにもなかったことにはできない。

「——僕はルルスじゃないのに」

「知っている」

本物のルルスが現れたというのに七星がルルスに見えるほどラナイズだって盲目じゃないだろう。

それならば。

「……ルルスがステラさんに洗脳されているから、僕を代わりにするつもりですか」

ラナイズに腕を摑まれたほうの肩を竦めて、視線を伏せる。

「違う」

不機嫌そうなラナイズの声に、涙が滲んできそうになる。

こんな会話でも、交わせていることが嬉しいと感じるなんて。

ラナイズに摑まれた腕が熱い。

抱き枕のようにされて眠っていた夜もあったというのに、あの瞬間がどんなにか奇跡みたいな時間だったのか気付いてもいなかった。

今はわかる。

ラナイズは本当なら出会うはずもない、交わることもない人だったのだから。

「じゃあ、あれですか。あなたの弟でもなんでもないのに今までのうのうと宮殿で暮らしていた僕を罪に問おうとでも——」

「違うと言っているだろう！」

吠《ほ》えるように怒鳴ったかと思うと、ラナイズが乱暴に七星を抱き寄せる。声をあげる間もなく、気付けば七星はラナイズの腕の中に閉じ込められ――唇を、塞がれていた。

「……！」

心臓が止まったかと思った。

目を見開くと、プラチナブロンドの髪がラナイズの額に落ちてきたのが見えた。汗で濡れている。次いで、七星を抱いた腕から強い血の匂いがのぼってきた。

心臓が異常なほど強く打ちはじめたのが、ラナイズの傷を心配しているせいなのかあるいは違う理由なのか、わからない。

「お前は少しもルルスに似てなどいない」

唾液《だえき》で濡れた唇を離すなり、鼻先を合わせたままのラナイズが囁くように言った。

苛立ったような声はなりをひそめ、どこか気の抜けたような、つきものでも落ちたような声だった。

「え……？　でも」

「ルルスはお前みたいに跳ね返りではないし、剣を振り回しもしない。お前みたいに笑ったり、泣いたり、喚いたりもしない」

文句を言われているのだろうか。

七星がむっと唇を尖らせると、その口先をぺろりと舐め取ってラナイズが破顔した。

「……っ！」

もう二度と自分に向けられることはないかと思ったラナイズの笑顔が、吐息が触れるほど近くにある。

七星はせっかく唇を解放されたのに呼吸を詰まらせて、濡れた唇を何度も噤み直した。そうしないと、何を口走ってしまうかわからなくて。

ラナイズ、ラナイズと心の中で何度も呼びかける。

今ラナイズは目の前にいるのに、それでも足りない。呼びかけを口に出せば、ラナイズは答えてくれるだろう。でもそうしたら、もっと欲しくなってしまいそうだ。

「ルルスだって人と交われば変わることもあるだろう。それはよく思い知ったよ。こんな形ででもあいつが国について考えてくれたことが嬉しいとさえ思う。もっとも、偏った思想については……お前が言う通り、対話を重ねる必要がありそうだけどな」

うん、と相槌を打とうとして、声が喉で詰まった。

そうだね、これからゆっくり仲直りをしていけばいい。誤解が解けたらきっとこれまで以上にわかりあえて、仲の良い兄弟になれるだろう。——いくらでも言いたいことはあるのに、口を開いたら涙が溢れてきそうだ。

じゃあどうしてキスしたりするんだよと、この腕を離してくれと恨み言をぶつけたいのに、それもできない。

体が震えだしそうになるのを抑えて、七星は笑みを浮かべようとした。

その強張った唇にラナイズの唇がまた近付いてくる。それを避けようとして首を振ると、その仕種さえ拒むようにラナイズの唇が強引に吸い付いてきた。

「……！」

ラナイズの腕の中で身をよじると、抱きしめる腕の力が強くなった。

怪我をしているのに。

だけどラナイズの熱を近くで感じるほど、たいした怪我もしていない七星の胸が痛くて痛くて仕方がなくなる。

「お前がルルスではないことはわかっていた」

いやいやと首を振った七星が自分の肩に頬を押し付けるようにして顔を逸らすと、頬に寄せられたままのラナイズの唇がつぶやくように言った。

「今でこそステラに何を吹きこまれているか知らんが、……あいつの目は今も昔も変わってない。なんにでも興味を持っては眩しいくらいに目を輝かせては無邪気に笑うお前がルルスじゃないことなんて、とっくに気付いていたさ」

頬に鼻先をすり寄せて金糸のような睫毛を伏せるラナイズの表情が切なそうに見えて、七星は知らず息をしゃくりあげた。

「じ、――じゃあ、どうして……」

「お前がルルスではないとわかっていても、……どうしてもお前を手放せなかった」

七星を強く抱いた腕の一方が緩められたかと思うと髪を撫でられて、七星はゆっくりとラナイズの顔を仰いだ。

頭上の青空よりも青いラナイズの瞳が、七星を見つめている。

ルルスではなく、七星自身を。

まるで射抜かれるような視線に七星は目眩《めまい》を覚えて、瞼を伏せていた。

三度ラナイズの唇が近付いてきたのを感じると自然と顎先をあげて、甘い吐息を飲み込む。ラナイズは七星の唇を短く啄《ついば》んだ後でゆっくりと唇を割ると舌を覗かせて七星の表面をなぞった。まるでいつも頭を撫でてくれるような優しさで。

ラナイズの舌先に促されるようにして強張った唇を開くと、口内にラナイズの熱い舌が潜り込んできた。

驚いた七星が顔を引こうとするよりも早く、髪を撫でていたラナイズの掌が抱き寄せる力を強くした。

「……っん、ぅ」

舌を掬い上げられ、吸い上げられる。

絡め取られた舌先から甘い痺《しび》れを感じて、七星はラナイズの胸当ての上でぎゅっと手を握った。

頭を抱いた指先で髪を梳くように撫で上げられながら腰をさらに引き寄せられると、七星はその場に崩落ちそうなほど何も考えられなくなっていた。

ラナイズが顔の向きを変えて、何度も七星の唇を食《は》む。

その間も舌を絡めたままで唾液の水音が漏れ、七星は鼻を鳴らしながら息を弾ませた。

「――お前がルルスではないと言うたび、お前のいるべき場所に帰してやらなければならないとわか

っていて、……それでもどうして離れ難かった。どうか、許してくれ」

やがて七星が息継ぎもわからなくなって顔を真っ赤にさせる頃になると、ようやくラナイズが唇を離して低くつぶやいた。

離れ難かったなんて、そんなの七星も同じだ。

一刻も早くエルロフを連れてこの宮殿を離れなければいけないことがわかっていても、どうしてもこの中庭に未練が残っていた。

他に行き場がないからじゃない。ラナイズのそばにいたかった。

それに、七星がルルスじゃないと言うたびにラナイズが見せた表情がそんなものだったなんて、まさか思っていなかったから。

どんな顔をすればいいかわからからない。涙は溢れてきそうだし、唇は弛緩しそうになる。自分がどうやって呼吸をしていたかも思い出せなくなるくらい、頭の中がラナイズでいっぱいだ。

「これは命令でもなんでもない。どうか、俺のそばにいてくれ」

浅く息を弾ませながら、信じられないような気持ちでラナイズを見つめた七星の頬をラナイズがそっと撫でる。

双眸を細めて七星を見つめるラナイズが、初めて会った時よりもずっと美しく見える。

七星も手を伸ばせばラナイズの頰に触れることができるのだろうけれど、触れたらまるで夢から醒めてしまいそうだ。

「あ、の、え……でも、僕、なんて……この世界じゃ、素性も不明、だし」

ルルスと似ているということで今までのように勘違いする人がいるかもしれない。七星とルルスは別人だとわかっていたって戸惑わせてしまうだろう。

それでもラナイズがいいと言ってくれるなら、七星の気持ちは一つだけれど。

「素性ならはっきりしている」

「え？」

どうしても緩みそうになる顔を伏せていた七星が驚いて顔を上げると、ラナイズが涙で濡れた七星の顔を笑った。頰を唇で撫でられ、額を合わせる。

「俺の妃になればいい」

ぱち、と目を瞬かせる。

一瞬周りの音が何も聞こえなくなった。庭園にざっと風が吹きすぎた後、七星はゆっくり首を傾げて、ラナイズに聞き返した。

「……え？」

「お前を妃にすればずっと離れることはないし、こうしてキスをしても怒らないだろう」

しきりに目を瞬かせて首をひねる七星の顔が遠ざかろうとすると、ラナイズに頰を抱き寄せられて目尻を短く吸い上げられた。

「お、怒ってなんて……」

弟だと思ってる相手にあんなに過度なスキンシップをするのは変だと思っていたけれど、怒ったつもりはない。

今だって、男である七星を妃にするなんてやっぱり変だとは思っているけれど。それでも、嫌な気は少しもしない。そう言ってまでラナイズが離れ難いと思ってくれることが、嬉しいとさえ感じる。

「怒っていないのか？　では、キスしてもいいんだな」

笑みを浮かべたラナイズの唇が頬に落ち、鼻先に吸い付いてからゆっくりと唇に触れる。

今度は最初から舌を求めるように下唇を啄んで促されると七星は恥ずかしさで全身がかっと熱くなってきて、眩んできた目をそっと閉じた。

＊　　＊　　＊

ルルスが率いた反逆軍は、百人に満たないほどだったと聞いたのは翌日のことだった。

アルクトスにはウェイバー時代からの国民が半数以上を占めているけれど、それらの多くは反逆に加担しなかったということだ。

中にはウェイバーの民でさえなく、ただ亜人への嫌悪を募らせた者、ルルスに魅せられただけの者も少なくなかったらしい。

ステラは戦いのさなかで重症を負ったため現在は治療中、回復を待って国外追放が決まったらしい。

首謀者とされているルルスは宮殿の地下に幽閉されている、と七星はラナイズの口から聞いた。

「幽閉といっても天窓があって陽の光もそれなりに差し込む。不自由な暮らしはさせないつもりだ」

帰ってきた大臣たちとともにスタヴロスからの使者があったらしく、珍しく飾緒や肩章をつけた礼服のままのラナイズは、疲れた様子で自室のカウチへ体を沈めた。

「そうですか……食事も？」

「食事も、甘いものも俺たちと変わらないものを運ばせるつもりだが、あいつが口にするかどうかまではわからないな。元から食の細い子供だったから」

きっと、昔から食事をとりたがらないルルスを心配してラナイズは食卓を一緒に囲むようにしていたのだろう。あの庭園で。

今となっては自分がその席についていると思うと、七星はなんだか申し訳ないような気持ちになる。とはいえ今のところルルスは反逆の罪に問われている身なのだから、ラナイズが一緒に地下牢で食事をすることは勧められない。

「……なんだ？」

「え？」

ただでさえやつれたように見えたルルスの青白い顔を思うと、しっかり食事をとってほしい。そう思って知らず視線を伏せていた七星に、カウチに身を預けたラナイズがじっと覗きこんでくる。

「俺が弟に甘い、とでも思ってるんだろう」

「え？　いやべつに、そんなこと」

むしろその逆だ。

首を振った七星にわざとらしく疑いの眼差しを向けたラナイズが、片眉を器用に跳ね上げてみせる。

「また、やきもちか？」

その口元が半分笑いを堪えきれていなくて、思わず七星も噴き出してしまった。

ルルスにやきもちだなんて、今更だ。

七星が笑うとラナイズも屈託なく破顔して、カウチから七星を手招いた。

「ルルスが生きていたことに、あまり驚かないんですね」

カウチの端に腰を下ろすと、ラナイズの疲労が身をもって伝わってくるようだ。

指先さえ動かすのも面倒だとでもいうようにだらしなく身を凭れさせているラナイズの姿は、その礼服もあいまって君主にあるまじき気怠さを感じさせる。

戦いの後で何時間、何度にも渡る議会や裁判、使者との面談があったことを知っているから彼が疲弊していることはわかっていて、だから一瞬だけ顔を見るつもりだったのに。

それほどまでに疲れているというのに七星を手招いてくれたことが嬉しくなって、つい隣りに座ってしまった。

「ああ、まあな。魔力の強い者が利用されるのは世の常だ。ましてやスタヴロスの皇子ともなれば。誰かに浚われて利用されているのだろうとは思っていた。まさかそれがステラだとは思わなかったがな」

信頼する騎士団の長を失ったことも、ラナイズの精神をすり減らしているのだろう。

ルルスが見つかった今も宮殿に残ることを許されているというのに何もできないでいる自分が、歯《は》痒《がゆ》い。

「ルルスの母親でさえ、あいつを利用しようとしていたくらいだ」

「お母さんが？」

自分たちのために身を粉にして働いていた母親の姿を見てきた七星には、にわかに信じ難い。驚いて思わず声を上ずらせると、ラナイズが苦い表情を浮かべた。

「ルルスが言った通り……俺とあいつの母親は違う。俺の母上が亡くなった後、スタヴロス卿の後妻に入ったのがルルスの母だ。産まれた子に強い魔力が宿っていると知ると、まるで自分の子供を魔法のために道具のように扱うようになって……だから俺は、あいつをアルクトスに連れてきたんだ。スタヴロスにいれば、あいつは自分の魔力に食い潰されてた」

ステラに対して声を荒げ、魔力を使わせるなと取り乱したのはそのせいだったのだろう。

まさか本当にラナイズがルルスをわざと母親から引き離したとは思っていなかったけれど。

「そう……だったんですか」

ルルスの暗い瞳を思い返すと、今でも背筋がぞっとする。

実の母親にそんなふうに扱われていたというルルスが、この宮殿で何を思って暮らしていたのかと考えるけれど想像もできない。

「まあ、これからゆっくり対話していくさ。お前の言う通りにな。兄弟なのだから、いつかはわかりあえるだろう」

表情を曇らせた七星を気遣うようにラナイズが明るい声で言った。

そうだ。片親が違うとはいえラナイズとルルスは長い時間を一緒に過ごしてきたのだし、しっかり対話していけばわかりあえる。

ただでさえ疲れている彼に気を遣わせたことが申し訳なくなって、七星もぎこちなく笑うと顔を上げた。

と、こちらを窺ったラナイズと目が合った。

「……！」

ガラス球のように澄んだ青い眼が、すぐ近くで七星を見つめている。

いまさらながら急に鼓動が跳ね上がって七星は思わず背筋を伸ばすとカウチの端へ身を引いた。

「どうした」

それを追うようにラナイズの手が伸びてくる。

肘掛けのない方に後退った七星があっと声を上げる間もなく肩を摑まれると、強引に引き寄せられる。

「危ないだろう？　もっと近くに来い」

気付くとラナイズの胸に凭れ掛かるように体勢を崩して、慌てて身を起こそうとしても今度はしっかりと背中を抱きとめられている。

「あ、いや……あの、」

「逃げるな」

上昇する体温を悟られたくなくて七星がわずかに身を捩ると、組んでいた足を解いたラナイズが七星を膝の上に抱き上げるかのように強く抱き直してくる。

「っ！　ちょ、っ……あの！」

「うん？」

ラナイズの低い囁き声が、七星の耳をくすぐる。

口付けられたわけでもないのにそれだけで七星は竦み上がるように背筋を震わせて、ぎゅっと目を瞑った。

「あああ、あ、あの、僕がルルスじゃないってわかったわけです、から、あの、こういうスキンシップは」

「弟じゃないのだから、構わないだろう」

わざとそうしているとしか思えないほど微かな囁き声で七星の耳を撫でた唇が、今度は直接耳殻を優しく食んでくる。

「……っ、」

瞬間ぶるっと体が震えて、七星はラナイズの胸についた手で飾緒を握りしめた。礼服にいくつもついた勲章が、乾いた音をたてる。

そもそも七星がルルスじゃないということを、ラナイズはとっくにわかっていたとも言っていた。

——それから妃になればいい、とも。

そう言われてからこうして二人きりで会うのは初めてだ。いやがおうにも意識してしまう。

「お前を私の、妃にしたい。……嫌か？」

唇で撫でられた耳へ甘い吐息とともに掠れた声が熱っぽく注ぎ込まれる。

七星は呼吸もできなくなって、ラナイズに抱かれた体を緊張に震わせた。

「い、……いや、とか、ではなくて」

嫌だなんて思ったことは一度もない。

体が熱くなって、胸も苦しくてラナイズに抱きしめられているとどうしていいのか自分でもわからなくなるけれど、それが嫌だったらこんなふうに会いに来ない。

一日の内たったひと目だけでもラナイズに会わないでいると寂しくてたまらなくなってしまうなんて。

耳朶《じだ》に寄せたラナイズの唇が濡れた音をたてて七星の耳を舐《な》めても、全身が粟立つのはもっと別の、違う感情だ。

「胸が弾んでいるな。緊張しているのか？」

七星の耳へ唇を押し付けたままラナイズが笑うと、七星は思わずその胸を叩いた。でも、少しもラナイズには響いていないようだ。七星の背中に掌をあてがって鼓動を確かめたまま、まだ笑い声をあげている。

その無邪気な笑顔を盗み見るだけで、ますます鼓動が早くなってしまう。

「お前が嫌だというなら、妃でなくても構わない。俺のそばにいてくれるなら、なんでもいい」

おそるおそる顔を上げた七星の頬を指先で撫でて、ラナイズが双眸を細める。

「……僕も、ラナイズのそばにいたいけど……」

ずっとこうしていられたら、どんなに幸せかと思う。

ラナイズの笑顔をもっと見ていたい。ラナイズを喜ばせたい。幸せにしたい。もっとラナイズのことを知りたい。

できることなら、この人を支えることができる人間になりたい。

それが、妃になるということなのだろうか。

「――ああいや、なんでもいいというのは嘘だな」

「⁉」

うっとりとラナイズを見つめた矢先にあっさりと撤回されて、七星は思わず目を瞠った。

驚いた七星の顔を見下ろしてラナイズが口端をいたずらっぽく引き上げる。

「臣下や友人、では駄目だ。……お前にこんな風に触れられないからな」

言うなりその唇が七星の額に触れて、ちゅっと吸い上げられる。それからこめかみ、頬、鼻先、唇へ点々と落ちてくると、七星はそのたびに肩を揺らして目を瞑った。

「なあ、どうしたらいい。お前は俺の、何になってくれる？」

口先を短く啄んだ唇でまるで懇願するような声を紡がれると、七星は胸が引き絞られるように切なくなって薄く瞼を開いた。

目の前で影になったラナイズもまた、切ない表情を浮かべている。

「俺は今すぐお前に触れたい。お前は、同じ気持ちではないのか？」

ラナイズが七星の手を取って、指を絡めるようにしてラナイズの頬へと導く。

その白い肌に触れたら夢が醒めてしまうような気がしたけれど、ラナイズの肌は七星と同じように熱くなって、指先を這わせてもまだたしかにそこにいた。

「――……僕、も……同じ、気持ちです」

口にしたら、我慢がきかなくなるような気がした。

だけどもう黙っていることもできない。

頬に滑らせた手をラナイズの首に回すと貪りつくように唇を奪われて、七星はその熱い唇に身を任せた。

自ら舌を伸ばして、ラナイズの唇に応じる。鼻先を擦《こす》り合わせ、唾液が唇の外へ漏れても唇を解くことなんてできない。

七星の背骨が折れそうなほど強く抱いたラナイズの腕に縋り付いて、七星は息を喘《あえ》がせながら心の中で何度もラナイズの名前を呼んだ。


「こんなところにほくろがあるな」

照明を落としたラナイズの部屋には、大きな窓から差し込む月の光だけが仄かにベッドの天蓋を浮かび上がらせている。

その中で衣服を剝ぎ取られた七星は、ラナイズの目の前で体を開いていた。

「っ！　そ、……そんなところ見ないでくださいっ」

慌てて足を閉じようとすると、膝にちゅうと吸いつかれて息をしゃくりあげる。

さっきから呼吸もままならないほどたくさんキスを交わしたせいで意識がもうろうとして、服を脱がされながら肌を撫でられ、四肢に思うように力が入らない。

そんなところとは言ったけれど、ラナイズの見つけたほくろが自分の体のどこにあるのかよくわからない。

ただ唇から首筋、鎖骨、胸、脇腹……と徐々に降りていくラナイズの口付けは今や七星の腰にあって、羞恥で熱くなった体をよじってても少しもやめてくれない。

「何故だ？　お前の体を隅々まで眺めることができるのは俺だけの特権だ。楽しませてくれ」

膝に吸い付いたラナイズの唇が、ゆっくりと腿《もも》の内側まで滑り降りてくる。

「ゃ、……っやだ、恥ずかしいから、っダメです」

シーツの上で腰をくねらせ、緊張した足をばたつかせながら下肢にあるラナイズの頭に手を伸ばすけれど、煌めくような髪に触れるので精一杯だった。

ほくろが見えているというくらいなのだから、ラナイズには七星の屹立《きつりつ》が反応を示しているのも見えているのだろう。そうと思うといたたまれない。

足を閉じて体を縮めて、隠してしまいたいのにラナイズがそれを許してくれない。

それどころか足の付け根をひときわ強く吸い上げて、舌先さえ覗かせる。

「ひぁ、っ……ん、ぅ」

思わず鼻にかかった声が漏れて、七星は慌てて自分の指を噛んだ。

普段は下着に隠れているやわらかな部分をラナイズが食むように口にして舌先で擽ると、さっきまでのように逃げ惑うためじゃなく無意識に腰が揺れてしまう。背筋がビクビクと跳ねて、どんなに指を食い締めても声が漏れてくる。

「可愛らしい声だな。もっと啼《な》いて聞かせておくれ、私の小鳥」

吸い付くのをやめてくれたかと思うと舌をねっとりと這わせながら、ラナイズの指先が七星の熱に触れる。

「っ！　ぁ、や……っラナイズ、っだめ、あの……っそこは、だめ、っ」

下肢に伸ばした手で自分のものを包み隠そうとするけれど、すでにラナイズの手に握られたものはいたずらに先端を撫でられるだけで、明け渡してはもらえない。

「んぁ、っや……っぁ、あっ」

知らずのうちに濡れそぼり、過敏になったところに指先が触れるとそれだけで七星は甲高い声をあげて背を反らした。

「とろとろと蜜《みつ》が溢れてくる。……こちらも口付けて欲しいのか？」

「や、ぁっ……だめ、だめです……っラナイズ、お願い、そんなところ……っ！」

力ない足でシーツを蹴り、ベッドの上を逃げ出そうとしたけれど、ラナイズの唇がそこへ近付いてくるとますます体の力が抜けていく。

ラナイズが掌で優しく包んだそれに、根元からゆっくり舌先を滑らせていく。その間も七星を支えた指の先で先端をあやすように撫でながら。

「や、ぁ……あ、んぁ、あ……っあ、あぁっ」

今まで誰にも触れられたこともないそこを濡れたもので舐《ねぶ》られると、七星は自分の体が自分で抑えきれなくなってシーツをきつく握りしめた。

体をよじり、甘えた声を漏らしてしまう。

「俺の妃の体で、そんなところと呼ばれるところなどどこにもないぞ？　お前の体は、すべてが愛《いと》しい」

七星の形を確かめるようにゆっくりと舌の腹を纏わせながらラナイズが囁くと、その吐息でさえ身が焦がされるようだ。

「頭の先から足の先まで、毎晩口付けても足りないくらいだ。こうしていると、今までどうして我慢できていたのかがわからない」

切ない声を漏らすラナイズの顔を見つめたいのに、その唇が濡れた先端を掠めるように舐めると腰が大きく震えて、七星はシーツに顔を埋めた。

「んゃ、ぁ、あっ……ラナイズ、ラナイズ……っだめ、だめ……っ僕、っもう」

嚥下しきれない唾液が伝って、いくら唇を噛んでもしどけなく開いてしまう。七星の声は泣きじゃくる子供のようにか細く、自分でも驚くほどみだらに聞こえた。

「そんなに可愛らしい声で名前を呼ぶな。これ以上俺を惑わせないでくれ」

先端に押し付けた唇でラナイズが笑う。その刺激でさらに先端を溢れさせたことを自覚して、七星は手繰り寄せたシーツで顔を隠した。

ラナイズの唇に自分のはしたない蜜が移っていると思うと、耐え難いという気持ちと同時に、どうしようもなくいやらしい気持ちが突き上げてくる。

「ラナ、イズ……っ僕、あの……っ」

シーツを握りしめた手も、ラナイズの首筋に擦り寄った足先も、声も、全身が断続的に震えて止められない。

自分の声でラナイズが惑わされるというなら、惑わしてしまいたいという気持ちがどこかにある。ラナイズを自分のものにしてしまいたいし、ラナイズにもっと求められたい。

だけどそれをどう伝えていいかわからなくて、七星は顔を隠したシーツの隙間からラナイズの顔をそっと窺った。

「ああ、わかっている。……一度、気をやるといい」

暗がりの中で、青く瞬く星のような瞳と視線があったような気がした。

次の瞬間、快感がむき出しになったような七星のものをラナイズが口に含んだ。

「————……っぁ、あ……っ！」

体が緊張して、ベッドを大きく軋ませる。

無意識に腿を閉じようとした七星の下肢の間でラナイズが顔を沈めると、啜り上げるような水音が響いた。

「んゃ、ラナイズ……っぁ、あ———……っ！　ん、っぁあ、は、ぁ……ぁ、あ……！」

口内に含まれた七星に熱い舌がすり寄せられ、唇が貪るように吸い付いてくる。

大きな波に浚われるように快感が押し寄せてきて七星が目を瞑ると、頭の中が何度もまばゆく爆ぜて、甘美な痺れに腰が揺れてしまう。

「ん、っあ、ラナ、……ぁあっ、ぃ、あ……っぁあ、ぁ、も、……っもうだめ、だめ、ぇえ……っ！」

ぬかるみのように泡立つラナイズの熱い口内が、唾液か、あるいは七星の漏らしたものなのかもわからない液でいっぱいになっている。それが粘ついた水音をたて、七星は自分の肩を抱くようにして初めて覚える快楽に歯噛みした。

「ぁ——……っもぅ、……っもう——……っ！」

何も考えられない。

ラナイズの熱と吐息、舌遣いだけを感じる。

胸を締めあげられるような快楽に目を開けてはいられないのに、睫毛を伏せたラナイズの顔が瞼の裏に浮かび上がって、まるで抱きしめられているような錯覚を覚えた。

「ラナイズ……っラナイズ、……っ——……！」

寄る辺なくシーツを手繰った手に、ラナイズの指先が触れた。反射的にそれを強く握り返した瞬間、七星は声にならない嬌声《きょうせい》をあげて、ラナイズの口内で達していた。

「ぁ、——……は、……っラナイズ、……ごめ、なさ……っ」

我慢ができないと思った瞬間、そう告げるべきだった。

そう思い至ったのは思わず詰めていた息を吐き出した後で、ラナイズは口内に溜《た》まった七星のものを零さないように慎重に唇を離してゆっくりと上体を起こした。

「何を謝ることがある。俺が、お前を欲しがったのだ」

指先で軽く唇を拭ったラナイズが視線を上げると、その眼が獰猛《どうもう》な獣のように光って見えた。

「……っでも、……あの、――恥ずかしい……」

いっそラナイズに背を向けてシーツに身を包んで、隠れてしまいたい。

しかしラナイズが汗ばんだ七星の体を這い上がるように顔を寄せてくると、それもできなくなった。

逞しい背中におそるおそる腕を回して、抱きしめたくなる。甘えた子供のように。

「ふふ、そうか。恥ずかしいのか」

表情がはっきりと見えるほど顔を寄せると、ラナイズが七星の首筋に鼻先をすり寄せながら上機嫌そうに肩を揺らして笑う。それが七星の胸の中までくすぐって、ひどく照れくさい。

「俺は、もっともっとお前のことが知りたくてたまらなくなった」

満足気に息を吐き出したラナイズの掠れた声に、七星は背中に回した腕へぎゅっと力をこめた。

「僕も、……僕にも、ラナイズのことをもっと教えて下さい」

体も、心も、もっとラナイズのことを知りたい。

七星の首筋で揺れるラナイズの髪に頬を寄せると、ラナイズが濡れた唇で肌を短く啄んでからゆるりと顔を上げた。

「もちろんだ」

暗い部屋の中でも七星を見つめるラナイズの瞳は眩しいくらいで、それしか目に入らない。ラナイズも七星のことだけを見つめてくれている。

まだ濡れているラナイズの指先で頬を包み込まれると、七星は胸が苦しくなって視線を伏せた。

ラナイズが今ははっきりと七星だけを見つめてくれていると感じる。ほんの少し前まで、どんなにラナイズの目がこちらに向けられていてもそれはルルスを見ているものだとばかり思っていたのに。

胸の苦しさは、以前とはまるで違う。

幸せで胸がいっぱいで、張り裂けそうだ。

「それに、お前が妃になるならば世継ぎも産んでもらわなければならないからな」

「！」

一度達した後の放心もあいまってうっとりと伏せていた瞼を、大きく見開く。

「そ、……それは、たぶん無理だと思います！」

「そんなもの、試してみなければわからないだろう」

おとなしくベッドに身を沈めていた七星がまた急に緊張したことに驚いて、ラナイズも目を瞬かせる。だけど、驚いたのは七星のほうだ。

「た、試しても無理ですって……！　あの、僕……男、ですし」

さっきまで男の証《あかし》を口にしていたのだからわかっているだろうけれど。

万が一でもラナイズがわからずに妃だなどと言っていたのだとしたら――それならば撤回すると言われてしまったら。

急に不安が過ぎって、七星は思わずラナイズの背中に回した腕を緩めた。

「男だからなんだというんだ。何かの間違いで授かるかもしれないぞ」

しかし、ラナイズの返答はあっけなくも楽天的なもので。

七星は一瞬言葉に詰まった後、思わず安堵の息とともに笑ってしまった。

「ないと思いますけど……」

男同士で子を授かるなんてありえないけれど、もしかしたらこの世界ならばあるのかもしれない。だって七星がこんな世界に突然やってきたのだってありえもしないことだったのだから。

それにラナイズが自信満々にそう言うと、なんだか絶対にないとは思えなくなってくる。

気が抜けたように笑った七星の額に唇を落として、ラナイズが濡れた手を七星の頬から肩、脇腹から下肢へと滑らせていく。

まだ快楽の余韻が痺れのように残っている足の付根へ触れられると、七星はぴくんと顎先を揺らしてラナイズの背中へ抱きついた。

「俺はお前とならこの先何年も、何百回、何千回だって試してみたいと思っているんだがな。お前としか、試してみたくはない」

ラナイズの唾液に濡れた前を撫で下ろし、開かせた七星の足の間を通ってゆっくりと背後へ指先が伸びていく。

七星は小さく鼻を鳴らして、甘く息を吐き出した。

「ラナイズ、……っ」

「ナナセ、お前との子が欲しい。……子が授からなくても構わない。お前とこうして一つになれるなら、それだけが俺の望みだ」

懇願するように囁くラナイズの、額に寄せられた唇が欲しくて七星が顎を上げると、ラナイズが鼻先を一度啄んでから七星の上唇を吸い上げる。

「ラナイズ、僕……っ、僕もっ……あなたが欲しいです、ったくさん、あなたを感じたい……っ」

焦《じ》らすような口付けに七瀬は泣きたいような気持ちになって、ラナイズの首を引き寄せて自分から唇に貪りついた。

舌を伸ばして、ラナイズの唇を食む。ラナイズはすぐに七星の頭を枕に押し付けるように貪り返してきて、舌が縺《もつ》れあった。

「ん、っふ……ぅん、んん……っんぁ、あ、っ」

と、下肢に伸ばされたラナイズの指先が七星の背後を押し捏《こ》ねるように擦り、解きほぐしていく。

「んぁ、っん、む……っん、ん――……っラナ、ぁ……ん、っ」

ラナイズの指先がちゅくちゅくと音をたてながら時折七星の中に潜りこむようになってくると思わず声が漏れてしまう。そのたびに口付けで塞がれて、七星は幸せな息苦しさに熱くなった身をよじった。

触れられたところから、体がむずむずとしてじっとしていられなくなる。

もっとラナイズに撫でられたい。撫でられるだけじゃ飽きたらず、乱暴に捏ねられたいという気持ちが湧き上がってきて、七星はラナイズに胸を押し出すようにして背を反らした。

「ああ、ナナセ。……俺はもしかしたら悪い夫になるかもしれない」

荒い息を弾ませながら銀糸の引いた唇を離したラナイズが呻くようにつぶやいた。

「ラナイズ？」

体の火照りのせいで潤んだ目を開いて七星が窺うと、いつもの優しい表情ではない、苦しげに眉根を寄せたラナイズの顔がそこにあった。

どうかしたのかとその頬に手を伸ばそうとすると、それと同時に七星の下肢へ焼けつくような熱いものが擦り寄ってきた。

「っ、」

「こんなにもお前が愛しいのに、……お前をめちゃくちゃにしてしまうかもしれない」

突きつけられたものが力強く脈打って、劣情を伝えてくる。

思わず七星は息を詰めてラナイズを見上げた後、改めてその首にぎゅっと強く抱きついた。

「……いいです。たくさん、……めちゃくちゃに、してください」

気持ちは本当だけれど、口にすると恥ずかしい。

だけどラナイズの苦しげな表情を少しでも和らげたくて、七星は小さな声でねだった。

七星の下肢に触れたラナイズの熱が、それに呼応するようにぴくりと震える。思わず七星は息をしゃくりあげた。

「そんなことを言って……。まったくお前も、悪い妃だな」

七星が勇気を出して言ったということはラナイズにもお見通しだったのかもしれない。肩口に顔を押し付けた七星を小さく笑って、ラナイズがゆっくりと腰を進めた。

「―――、っぁ」

こじ開けられる。

覚悟していた以上の大きな質量に目を瞠ると、ラナイズの逞しい腕が七星の肩を強く抱いた。

「……ナナセ、……っ」

狭い秘所に無理やり入り込もうとしているのだから、ラナイズも窮屈な思いをしているのだろう。

絞り出したような声で名前を呼ばれると、胸の奥が焼けるように熱くなった。

ラナイズにルルスではなくて、七星と呼ばれることが狂おしいほど幸せに感じる。

「ラナイズ、っ……ラナイズ、ラナイズ……っ！」

一度腰を引いて、またすぐにラナイズが熱を押し付けてくる。今度はもう少し奥まで迎え入れることができたかと思うと、――次の瞬間、ズッと深いところへラナイズが突き入ってきた。

「ひ、ぁ……っあ、あ……！」

目の前が一瞬白く瞬いて、気付くと七星は体を引き攣らせながらさっき果てたばかりのものを迸《ほとばし》らせていた。

「あ、……っラナイズ、ラナ……っ僕、ぁ、あ……っ」

体の内側に、ラナイズを感じる。

入口に触れていた脈動が七星の中で暴れるように跳ねて、性感をみだらにかき乱していく。

「入っただけでまた気をやってしまったのか？　そんなことじゃ、今夜一晩もつかどうかわからないぞ」

「ぁ、う……や、ぁ……っ僕、ど、しよ……っ本当に、悪い奥さん、……みたい」

自分の体がこんなふうになるなんて今まで知らなかった。

しかしいまだに痙攣《けいれん》の止まらない七星の中でラナイズが動かずに留まってくれているというのに、

それでもただ息遣いを感じるというだけで全身が粟立って驚くほど過敏になっている。

目尻を濡らしてしゃくりあげた七星の頬をラナイズの指先がそっと撫でただけでも、また達してしまいそうなくらいだ。

どうしたら抑えられるのか、わからない。混乱して涙が次々に溢れてくる。

「馬鹿だな。お前ほど可愛くて、心強くて……放っておけない妃はいない。お前が一生俺から離れられなくなるように、たくさん愛してやるから覚悟しておけよ」

七星の涙を唇で吸い上げながら、ラナイズがゆっくりと腰を動かし始める。

小さく引いて、また深く沈めてくるたびに七星は上ずった声をあげて下肢を震わせた。

歯の根が合わず、もうラナイズの名前をまともに呼ぶことも叶わない。それすらも可愛いと褒めそやしながらラナイズの抽挿が徐々にペースを上げていく。

「んぁ、っあ……っラナ、……っズ、んぁ、やぁっ、僕……っぁ、僕、っまた、っ」

抜き挿しするたびにラナイズの猛《たけ》った先端が深くなってくるようで、七星は縋り付いた背中に爪をたてながら快楽に溺《おぼ》れるように何度も絶頂を迎えた。

「ああ、……いいよ。好きなだけ気をやるといい。もっと深く、俺を感じろ」

ラナイズがまるで自身を叩きつけるように腰を打ち付けると七星の奥深くに先端を擦りつけてくる。

体を揺さぶられながら七星は何度も浅く肯いて、ラナイズの肩口で啜り泣いた。

「——愛してるよ、ナナセ」

低く、押し殺したような声でラナイズが囁く。

その声に耳を擽られた瞬間七星の体が大きくわなないて、ラナイズを受け入れた下肢が無意識に収縮してしまう。自分の中が、ラナイズの形に作り変えられていくかのようだ。

「ぁ、――……っあ……！　ぁあっ、あ――……っ！」

やわらかなベッドを揺らし、シーツに深い皺を刻んで七星が身を捩る。

その体を強く抱いたラナイズもまた苦しげに息を詰めて、互いの熱が融け合うように高まっていく。

「……っナナセ、」

歯を食いしばったラナイズが深く繋がったままの腰をぶるっと震わせると、不思議と七星はそれに促されたかのように感じて瞼を開いた。

もうろうとした七星が見上げたラナイズもまた、熱に浮かされたような表情を浮かべていた。

こんなの、夢のようだ。

七星は夢みたいに美しく幸せなラナイズの頬に手をあてがうと、首を伸ばして口付けた。

ラナイズが呼吸を震わせて、小さく呻く。

体内でひときわ大きく跳ねたラナイズに七星が声をあげた、その刹那《せつな》。七星の中に熱い奔流が迸って、――気付くと七星は意識を手放していた。

噴水前の石畳を埋め尽くすように、騎士団をはじめとする宮殿の従者が全員立ち並んでいる。

大臣たちはすでに馬車に乗り込み、ラナイズたちの到着を待っているようだ。

七星はその様子をラナイズの部屋の窓から見下ろして、今日数十回目のため息を吐いた。

「七星、準備はいいか？」

白銀にも見える軍服に勲章をつけ終えたラナイズが、窓際の七星をいつもと変わらない調子で呼ぶ。

出かける準備はできているけれど、心の準備はまだだ。

――だけど、そうも言っていられない。

ラナイズからスタヴロスに行くかと提案されたのは数日前のことだ。

もっともその前にもスタヴロスへ連れて行ってやるとは言われていたけれど、それは七星がまだルルスと呼ばれていた頃の話で、今とはわけが違う。

スタヴロスへ行こうと提案されて嬉しい気持ちももちろんある。

スタヴロスの町を見るのは楽しみだし、ラナイズとの初めての旅行のようなものだ。

騎士団の建て直しや、地下に幽閉されたルルスとの和解に追われていたラナイズがようやくゆっくりできるかと思うと安心する。

とはいえ、お前を妃として紹介する――などと言われて気が重くならない男子高校生などこの世にはいない。

妃にすると言われて幸せだったたし、ラナイズの妃として毎晩一緒に眠ることは七星も望んでいることだけれど。

とはいえラナイズは一国の君主だ。

その妃として男を連れてこられた両陛下の気持ちを想像すると、七星の首を刎ねられたって文句は言えない気がする。

しかも悩みの種はそれだけに尽きない。

「……僕がルルスに似ていて、驚かれるんじゃないでしょうか」

外で待っている馬車のうちの一つには、ルルスも乗っている。

ことの騒動についてはスタヴロスにも伝えられていて、ルルスが落ち着くのを待って一度スタヴロス卿との対話も必要とされていることも今回の訪問の目的の一つだ。

そんな繊細な問題と一緒にルルスと同じ顔をした男を連れ帰って妃だなどと、考えるだけでも七星の頭が痛くなってくる。

しかし当のラナイズはというと、ケロリとした顔だ。

「さあ、どうかな。俺からしてみたらお前とルルスはまるで似てないように映るが」

「!? も、元はといえばラナイズが僕をルルスと見間違ってここに連れてきたんじゃないですか……!」

ぎょっとして振り返ると、すっかり支度の整ったラナイズが窓辺の七星のそばまで歩み寄ってきていた。

まるで、突然の裏切りにでもあったかのようだ。

実際ルルスは七星と同じ顔をしていたし、見間違っても不思議はない。

その後一度だけ地下牢のルルスに面会したけれどやはり鏡を覗いているかのように似ていた。それを今更似てないだなんて、無理がある。

そんな嘘をついたって七瀬がスタヴロスに行く気持ちが軽くなるわけでもないのに。

しかし非難がましい目で見上げた七星を、まるでおとぎ話に出てくる王子様のように美しい姿のラナイズは屈託ない顔で笑い飛ばした。

「まあな。……でも今となってはお前は、もう俺の妃だという顔をしているぞ？」

「？」

妃の顔というのは、どんな顔なのだろう。

七星は半信半疑で自分の顔に手を当てて、首をひねった。

たしかに最近は女官たちにもルルスではなく七星と呼びかけられるようになった。それは本物のルルスが現れたからだとばかり思っていたけれど、見間違えられてもおかしくないくらいに似ているはずなのに。

やはり七星の顔つきが変わったということなのだろうか。

だとしたら、どんなふうに。

七星が自分の頬や額をまさぐって眉を寄せていると、その手をラナイズにそっと取り上げられた。

窓から差し込む陽の光に照らされたまばゆいばかりのラナイズを仰いでどういう意味かと尋ねようとした、その唇に影が落ちる。

「！」

ちゅっと短く唇を啄まれて、七星は目を瞠った。

別に今さら、驚くようなことじゃない。

昨夜だって明日の朝は早いのにと言いながら互いの四肢が絡みあってほどけなくなるんじゃないかと思うほど肌をすり寄せ、唇を貪りあった。世継ぎが生まれるまでなんて冗談を言いながら、何度もラナイズの精を注ぎ込まれて七星は甘い声をあげていたのだから。

だけど、七星が背を向けた窓の下には何百人もの臣下が君主の姿を待っているのに。

もしキスしているのを見られていたらと思うと、体が熱くなってくる。

「ラ、ラナイズ……！」

「余計なことは考えなくていい。お前は俺のことだけを見ていればいいんだ」

抗議の声をあげようとした七星の熱くなった頬を撫でて、ラナイズが双眸を細める。

その夢を見ているかのような微笑みで見つめられるともう何も言えなくなるし、ラナイズの言う通り、彼しか目に入らなくなってしまう。

「俺が愛しているのは、七星。お前だけなんだから」

頬を撫でたラナイズの指先が、七星の髪を撫で上げて顔を仰向《あおむ》かせる。

そんな言葉で惑わせるなんてずるいと思っていても、ラナイズの言葉に嘘がないことも十分知っている。

君主の到着を待ちわびる臣下の視線を背中に感じながら七星は後ろ手にカーテンを引くと、もう一度近付いてきた唇にそっと瞼を閉じた。

あとがき

こんにちは、茜花《さいか》ららと申します。このたびは七冊目の著書「溺愛君主と身代わり皇子」をお手にとっていただき、ありがとうございます！　ラッキーセブン！

生まれて初めての異世界トリップものでした（たぶん……）。ファンタジー自体は中高生の頃よく読み書きしていたのですが、最近はすっかり……読むことはあっても書いていませんでした。

そんなわけで担当O様に「次はファンタジーなんてどうでしょう？」と言われた時は不安しかなかったのですが（笑）、設定を考え始めたら止まらない止まらない……。国をイチから作るのってすっごく楽しいですね！（笑）

もちろん本文を書き始めてからも「うっひゃーたのしい！」と感じてばかりでした。読んでくださった皆様にもそう感じていただけたら嬉しいです。

名前や地名などに関しては外来語辞典と首っ引きでした。特にラナイズの名前はいつまでも決まらなくて……。結局、ラナイズに関しては外国語由来のなにかしらから頂いたわけではなく、大昔、それこそファンタジーをよく書いていた頃に自分が書き残したネタメモにあった名前を使いました。

ファンタジーを書かなくなって時間が経ちすぎていて「ファンタジーとは一体何か」というところから考え始めたわりにはファンタジーっぽいものが書けたのではないかなーと思いますが、いかがでしたでしょうか。

番外編として七星《ななせ》が元いた日本に思いを馳せる話とか、諸々誤解が解けて元通り暮らせるようになったルルスの話とか書きたい！　と思っていてネタはあったのですがページがそれを許さず……そのうち何かの形で書けたらと思います。もちろんラナイズと七星のバカップルっぷりも！

今回も多大なるご迷惑をおかけいたしました担当O様、素敵なラナイズとかわいい七星を描いてくださいました古澤《ふるさわ》エノ先生、本当に本当にありがとうございました！

そして何より、今これを読んでくださっている皆々様に言葉では言い尽くせないくらいの感謝の気持ちをこめて！

もし機会があればまた次の本でお会いできますように！

２０１６年　８月　茜花らら

この本を読んでの
ご意見・ご感想を
お寄せ下さい。

〒151-0051
東京都渋谷区千駄ヶ谷4-9-7
(株)幻冬舎コミックス　リンクス編集部
「茜花《さいか》らら先生」係／「古澤《ふるさわ》エノ先生」係

LYNX ROMANCE
リンクス ロマンス

溺愛君主と身代わり皇子

2016年8月31日　第1刷発行

著者……………茜花《さいか》らら
発行人…………石原正康
発行元…………株式会社　幻冬舎コミックス
〒151-0051　東京都渋谷区千駄ヶ谷4-9-7
TEL 03-5411-6431（編集）
発売元…………株式会社　幻冬舎
〒151-0051　東京都渋谷区千駄ヶ谷4-9-7
TEL 03-5411-6222（営業）
振替00120-8-767643
印刷・製本所…株式会社　光邦
検印廃止

ISBN978-4-344-83788-1 C0293
Printed in Japan

幻冬舎コミックスホームページ　http://www.gentosha-comics.net